Reimer Bull

Langs de Straten

Geschichten to'n Opbewahren

Quickborn-Verlag

Die plattdeutsche Schreibweise ist unverändert vom Autor übernommen worden.

3. Auflage 2000

ISBN 3-87651-202-6

Umschlagzeichnung: Christel Hudemann-Schwartz
Gesamtherstellung: Clausen & Bosse GmbH, Leck
Der Umwelt zuliebe
auf chlorfrei gebleichtem Papier gedruckt
und nicht eingeschweißt
Printed in Germany

Ole Geschichten,
niege Geschichten.
Un doch jümmer wedder desülven Geschichten.
En kunn dor mööd över warrn,
wenn't nich dat Leven weer.

Dur un Moll

Hett allens sien Anfang un Enn in't Leven, ok de Leev. Aver wenn en in't Öller denn singen kann: Ich habe genossen das irdische Glück, habe gelebt und geliebet! so as Jonni Maaß dat nu singt, denn is dat in de Reeg. Aver licht fullen is Jonni so'n Singen nich, he hett dor en Barg vun holen vun de Leev un de Fruuns. Aver wat hölpt dat allens, hett he süüfzt, es kann ja nicht immer so bleiben hier unter dem wechselnden Mond. Un vertell nu von de junge Swester in dat Seniorenheim, wo he siet fief Weken wahnt, un dat se em wegen ehr meist al na teihn Daag rutsmeten harrn. Wegen Unschicklichkeit, lach he, aver se hebbt mi denn doch bloots verwarnt. Wat schull ik ehr ok doon, ik bün oolt un wat de Leev anlangt: allens Moll.

Un wo he so an't Vertellen is, sehg ik em un mi miteens wedder as lütte Tertianers in den Musiksaal vun uns ole School sitten. Dat gung op Middag to, wi dösen vör uns hin, un Opa Dürand, unsen Musiklehrer, verkloor uns, wat Dur un Moll bedüden dee. Klimper dorto op dat Piano, sung un fröög, wat dat nu na Dur oder na Moll klungen harr. Nüms höör em to. Bloots Fritz Hanemeier reck den Finger hooch un sä, dat weer Dur ween, he harr de grote Terz hören kunnt. Fritz weer de Söhn vun' Paster, speel Orgel, weer för den Anstand in de Klass tostännig un in de Musikstunn Opa Dürand sien irdischen Troost. Do sehg ik miteens, wo Karin Hilsemann, de seet mank mi un Jonni, wo se sinnig ehr Kleed de Been hoochschoov, Zentimeter för Zentimeter, bit na dor, wo dat Been anfangt. Se kreeg sik ehren Füllhalter her, schroov em op un maal fief Notenstreken op dat nakelte Fleesch, sett dor Noten to, keek mi an, plink mit de Ogen na de Noten und fröög liesen: Na, kannst du dieses Lied denn auch schon singen? Ik starr ehr mit opreten Ogen an un stier op dat Been mit de Noten, denn dat weern dunn anner Tieden, un so'n Anblick, dat weer sowat as en Naturereignis, dat kreeg en nich maal so even un jeden Dag to sehn, dor drööm en vun! Un denn noch dat Been vun Karin, de Smuckst in uns Klass. Ik japp na Luft, aver do sä se ok al: Wokeen de Luft wegblifft, de kann nich singen. Un wull dat Kleed jüst wedder daalschuwen, do böög sik Jonni na ehr röver, tipp mit den Wiesfinger op jeedeen Noot, tippel mit den lütten Finger gau en beten höger rop un sung liesen: Im Frühtau zu Berge, fallera! Wieder keem he nich, Opa Dürand stunn vör uns un fohr em an: Was ist das!? Ik seet as stiev, Karin leet dat Kleed över de Kneen fallen, bloots Jonni, de keek Opa Dürand fründlich an un sä vergnöögt: Das, Herr Dürand, das ist Dur!

Do wullen se em vun de School smieten, aver Opa Dürand hett in de Konferenz meent hatt, dat harr je al de ool Goethe wußt: Jugend ist Trunkenheit ohne Wein! Un vun den Wien, dor weern sien Deerns un Jungs doch wull noch en Stück vun weg. Sodennig worr en Verwarnung langen. Wegen Unschicklichkeit. Un nu sitt Jonni dor, is 76 Johr oolt, vertellt vun dat Seniorenheim un de Verwarnung, de he dor al na teihn Daag kregen hett.

Ik bün hier je introcken, sä he, wiel dat ik nicht wull, dat eerst de Navers marken mööt, mien Breevkasten is proppenvull, is de Ool womööglich doot. Hier warrt wi jedeen Morgen anropen, wat wi ok goot toweeg sünd, un wokeen sik nich melden deit, na den schickt se en Swester rop, de mutt kieken, wat mit em is.

Süh, un nu den enen Morgen, do hett Jonni dat Klingeln nich höört hatt, hett fast slapen. Do is dor en junge Swester kamen, hett em sachen anfaat un flustert: Herr Maaß, is wat? He hett de Ogen opdohn, hett ehr ankeken un hett dacht: Ah, wat is dat för'n schöne Fruu! Un hett sik dat vörnahmen, mit de wull he sik neger bekannt maken.

Dree Daag hett he an' Morgen dat Telefon rötern laten, hett as halvdoot in sien Bett legen, un de lütt Swester muß kamen, muß em opwaken, den Puls föhlen, ok maal en lütten Backs geven, dat he sik vermünnern schull. Dat much he lieden, hett dor legen un bevert vör Vergnögen. Man den drüdden Morgen, do hett se den Dokter anropen, he schull maal kieken, se kunn dor nich klook vun warrn; un as se dor so an sien Bett steiht, telefoneert, dreiht em den Rüch to, do överkummt em dat, un he knippt ehr gau maal.

Nu schickt se mi bloots noch so'n olen gnegeligen Bössen hooch, vertell he, wenn dat Anfaten al wegfallt, dat Kieken harrn se mi je laten kunnt. Ik biet doch nich mehr. In mien Öller: allens Moll!

Un wedder full mi Opa Dürand in, denn wat sä de: Dur kummt vun dat latiensche durus, und dat heet hart; Moll kummt vun mollis, weich. Dur hett de grote Terz, Moll de lütte. So is dat, lach Jonni, wi langt all bi Moll un de lütte Terz an. Aver ok dor kann de Minsch sien Vergnögen an hebben. De Vörsteherin vun uns Heim hett mi seggt, ik schall de Fingers vun dat Personal laten, dor wahnen doch noog Fruuns mit in't Huus, an de schull ik mi man holen. Sünd alles ole Katten, grien Jonni, aver ok ole Katten möögt söte Melk. Un schall ik di noch wat seggen: Dat gifft ok schöne Stücken in Moll!

An un för sik harr Fritz Möller dat groot Solo op uns Jubiläumsfest vun de Liedertafel singen schullt, he is je unsen besten Tenor, mit Dorle Thomsen an't Klavier: Glaube mir, glaube mir, meine ganze Liebe gab ich dir; aver dor is nix vun worrn. Fritz sien Fruu hett dor en P vör sett, Trudel.

Seh ik di mit ehr op de Bühne stahn, hett Trudel schafutert, du mit dat Solo, un se klimpert dorto, denn kannst du dien Kuffers packen un sehn, wo du afbliffst. Ik laat mi nich vun jüm blameren! Denn den enen Avend harr Dorle op den Saal vun' Karkspeelkroog, wo se mit Fritz an't Öven weer, seggt: Hier is dat koolt, laat uns to mi na Huus gahn, dor is dat warmer. Ehr Fingers worrn denn ok geschmeidiger över de Tasten lopen, un Fritz harr foorts un geschmeidig ›ja‹ seggt, denn he harr al länger bi dat ›Glaube mir, glaube mir‹ jümmerto Dorle ankeken hatt, un de ehr Fingers harrn, liekers se klamm un stiev weern, ok al länger jümmer sinniger de Melodien klingen laten, as schull dat Piano Fritz toflustern: Ich glaube dir, ich glaube dir.

So seten se nu also bi Dorle, ehr Mann harr Nachtdeenst in't Krankenhuus, wo he Dokter is, un ünner Dorle ehr Wahnung seet Justus Lüders un muß mit anhören, wo Fritz baven ›Glaube mir, meine ganze Liebe gab ich dir‹ sung, un Dorle dorto op dat Klavier speel ›man to, man to‹.

Miteens aver harr de Musik baven ophöört, hett Justus den annern Dag vertellt, för'n Momang weer dat still ween. Denn harr Dorle en Schallplatt opleggt, en Tango. Un wokeen Fritz kennt, de weet, höört Fritz en Tango, geiht dat mit em dörch. Denn wirbelt he över't Parkett, dreiht sik, böögt sik, smitt de Fruu vun sik weg, ritt ehr an sik ran. Un dat nu allens över Justus sien Kopp. Ein Furioso, hett Justus seggt.

Man denn weer't wedder still worrn, keen Tango, keen Solo, keen Piano. Do weer Fritz denn wull vun dat ›meine Liebe gab ich dir‹ in dat Präsens övergahn, hett Justus meent. Dat eenzigst, wat he laterhin noch höört harr, dat weer de Huusdöör ween. Fritz weer ut' Huus kamen. Beschwingt, hett Justus seggt, beschwingt.

Dat hett aver man enen Dag vörholen, dat Beschwingte, do harr Justus dat Furioso utposaunt, un Fritz blasen de Posaunen vun Jericho um de Ohren. Trudel is so grandessig worrn, sülm uns Chorleiter Max Mahnke hett Fritz sien Solo nich redden kunnt.

Trudel, hett he jümmer wedder bi ehr bedelt, Fritz is unsen besten Tenor!

Tenor? hett Trudel blafft. En Gigolo is he! Tangodänzer! Un dat mit de dore pummelige Dorle!

Aver dat Solo, Trudel, dat Solo!

Do hett Trudel meisto en beten weent:

Wenn't man en Solo bleven weer, he hett dor en Duett vun maakt. Aver en Duett steiht nich in't Programm un kummt ok nich rin! Laat em in' Chor singen! Un dat in de achterste Reeg, dat ik em nich sehn mutt!

Tscha, hett Max süüfzt, denn hölpt dat wull nix. Is en Jammer, Trudel, wo Fritz so'n schöön Stimm hett.

De is ok in de achterste Reeg schöön, hett Trudel antert un hett sik op nix inlaten.

An' Festavend weer de Saal proppenvull, all wullen se weten, wat warrt ut dat Solo. Aver Fritz stunn in de achterste Reeg, knapp to sehn. As dat Programm toenn is un de Lüüd roopt ›Zugabe‹, do geiht Max Mahnke an de Ramp un seggt: Nu singt wi all mitenanner noch en paar plattdütsche Leder. Un as wi so singt, do stiggt dor miteens en Stimm in de Hööchde. Fritz! De Saal is musenstill, un ok de Chor verstummt. Fritz singt, singt ganz alleen. In de achterste Reeg. Singt mit Ruff un Raff: Gah vun mi, ik mach di nich sehn! As aver de tweet Vers an de Reeg is, do singt he so leeflich as he man kann: Kumm to mi, kumm to mi, ik bün so alleen.

Justus Lüders hett naher vertellt, Fritz harr bi dat ›Gah vun mi‹ över de Lüüd hinkeken hatt, aver bi dat ›Kumm to mi‹, do harr he na Trudel schuult, de seet je in de eerst Reeg. Wat de aver ok trüchkeken harr, dat, sä Justus, dat harr he nich utmaken kunnt. Dorle Thomsen aver, de harr en beten weent.

Siet dat Ingo Hansen scheedt is, leevt he, wat de Fruens anlangt, â la carte. All Ogenblick kummt he mit en frische an un is jümmerto an't Vertellen. Vun Anke, Birgit, Christel. Dat weern de letzten dree. Een Johr hett dat mit ehr vörholen. Mit all dree!

Tscha, hett Hein Matzen süüfzt, zwölf Monate geteilt durch drei, dat sünd veer, all veer Maand en niege Fruu. Un ik sitt dor, bün dörtig Johr verheiraadt, dreißig mal zwölf, geteilt durch eins, un wat gifft dat? Gerda. Dörtig Johr Gerda.

Ingo keddelt uns aver je doch mit sien Geschichten. Wenn he vun Anke vertellt, wo he mit ehr nachts in de Dünen Sekt drunken hett, un denn sünd se in't Water, hebbt an' Strand rumdalvert as de Jungen; Sinnenrausch, hett Ingo seggt, dat weer en Sinnenrausch ween. Hermann Öhlerich hett gnurrt: Dat is lang her, wo ik so'n Rausch hatt heff. Un Hein hett bloots mummelt: Ik much nich weten, wat ik to hören kreeg, wenn ik to mien Gerda seggen worr: Laat uns vunnacht maal in de Dünen gahn. Ehr fallt de Ogen al to, wenn se mi an't Bett kamen süht.

Man as Ingo de Fruu den enen Dag fraagt, wat se em nich heiraten will – denn dat is je dat Vagelige, knapp, wat he scheedt is, will he op de Steed wedder friegen – do seggt se, dat geiht nich, se is al verheiraadt. Ehr Mann un se, se weern sik aver dor um eenig, af un an maal övern Tuun, dat worr de Ehe en frischen Kick geven.

Na, hett Hein Matzen staunt, denn weerst du also so wat as en Kicker? Wenn ik di raden schall, ööv nu man eerstmaal dat Spelen ahn Ball.

Man dor is nix vun worrn. Birgit leep em övern Weg. De weer jüst an't Renoveren vun ehr Wahnung un harr keen betern Handwarker finnen kunnt as Ingo. He tapezeert ehr de Wannen, maalt de Finsters, ritt den olen Teppichborn ruut, leggt en frischen, un as se fraagt, woso he dat allens för ehr deit, se kennt sik doch noch gor nich so richtig, do smustert he: Wokeen weet, amenn schall ik jüst in düsse Stuuv un op düt Sofa mit di to Roh kamen. Do seggt se, för dat Sofa is he en Netten, mehr kann se sik aver nich vörstellen. Un will em sien Arbeid denn ok geern betahlen.

So langsaam kummst du mir vör as de Mann mit den kahlen Kopp, sä Hermann Öhlerich, de reep op de Straat: Wat heff ik doch för'n Glück! Do harr he en Kamm funnen. Nu laat di doch maal Tiet!

Aver de neegst Kamm leeg al op de Straat: Christel. De weer scheedt, mit twee Gören, acht un teihn, un harr en Anzeig opgeven. Na veer Weken föhlt

Ingo sik al as Vadder, do seggt se, dor harrn noch mehr Herren schreven, de wull se ok geern noch bekieken.

Nu sitt Ingo wedder bi uns an' Stammdisch, lett de Flapp hangen, un Hermann seggt: Glück will Tiet hebben, un de sik keen Tiet lett, de fallt op'n Rüch un brickt sik de Nees.

Bi de Franzosen heet he ›malade imaginaire‹, bi de Dütschen ›der eingebildete Kranke‹ un bi Lisa Schröder: mien Mann Rudi. Denn de is nich gesund, wenn he nich krank is. Maal knippt em dat hier, maal ritt em dat dor, un kränkelt dat in de Naverschop, he kränkelt mit. Anners aver is he en feine Minsch.

Nu aver, wo he öller warrt un sien Inbillen jümmer duller, is Lisa mit em över Krüüz, denn siet dat Rudi en Kolleeg funnen hett, de jüst so krank is as he, den olen Ringelloth, huukt de beiden Dag för Dag tohoop un gluckt över ehr Krankheiten. Denn fangt Ringelloth an un seggt: Eerstan heff ik dacht, ik harr mi bloots en beten dat Krüüz verköhlt, man nu is dat de Wirbelsüül! Allens scheev un krumm! S-förmig, hett de Dokter seggt. As en gotische Madonna. Wat is dat överhaupt, en gotische Madonna? En Fruu, antert Rudi, steiht as en Fraagteken. As en Fraagteken? Keen Wunner, bi den Chef, den wi harrn, seggt Ringelloth, baven mussen wi en Bückling maken un ünnen inknicken. Denn is dat je en Arbeidsschaden, kann ik Rente för verlangen.

Aver Rudi höört al gor nich mehr to, he is al lang stief worrn in de Rüch; un lett sik den annern Dag röntgen. Für Ihr Alter eine passable Wirbelsäule, seggt sien Dokter, an de een un anner Steed en lütt beten Verschleiß.

Un Ringelloth fraagt: Na, wat is mit dien Wirbelsüül, büst du ok s-förmig? Leger, antert Rudi un kickt Ringelloth doottrurig an, ik bün op. Verschleiß. Denn geiht Ringelloth na dat Eckschapp, hoolt en Buddel Cognac, schenkt in un süüfzt: Rudi, de Gesunnen weet nich, woans en Kranken tomoot is, aver ik föhl mit di. Proost!

Man denn kemen de Weken, wo de beiden mit ehren Blootdruck togangen weern, Ringelloth sien weer to siet un Rudi sien to hooch. De Dokters harrn ehr Medikamenten geven, de freten se, as se jümmer al Medikamenten freten hebbt: Höchstdosis. Aver denn harrn de Doktors ok noch seggt, se schullen ehren Blootdruck sülm maal af un an meten, to Kontrolle. Dat harrn se man lever nich seggen schullt.

Rudi un sien Ringelloth kemen ut dat Meten nich mehr ruut, un wenn se sik drepen, denn hett dat bi ehr bloots noch heten:

Woveel?

210 to 130. To hooch. Ik kann jeden Momang en Slag kriegen, fall um, bün lähmt, kann nich mehr snacken, bün doot!

Un du?

85 to 55. Wenn dat so wieder geiht, ik slaap in un waak nich mehr op. Aver wi kööntje froh ween, seggt Ringelloth, wi hebbt överhaupt noch Meßwerte. Sünd wi eerst op Null, is dat ok ut.

Seggt dat, süüfzt, geiht an't Schapp, schenkt den Cognac in un meent: Rudi, dat will ik di seggen, mennigmaal is dat so, de Kranke liggt in't Bett, un de Dode sitt dorvör. Proost!

Do is Lisa dat to bunt worrn. Wo en nich genoog vun kriegen kann, hett se dacht, dor mutt en sik an överfreten, anners kummt en dor nich vun weg. Se kreeg sik Rudi sien Medikamenten her, trock ut alle Schacheln de Bipackzeddels, hool ut den Keller en Buddel Sekt, stell Kerzen op den Disch, steek ehr an un sä, as Rudi na Huus keem un de Ogen opreet, vun wegen dat fierliche Arrangement: Sett di, ik mutt mit di snacken. Ik weet nu, wo gau dat mit di to Enn gahn kann, so will ik nu in alle Ernsthaftigkeit mit di de Risiken dörgahn, mit de du leven mußt. Du nimmst Tabletten gegen den Hoochdruck, also wo mööt wie mit reken, sä se, kreeg sik den eersten Bipackzeddel her un lees: Häufig können auftreten Kribbeln in Armen und Beinen, Übelkeit; Verstopfung oder Durchfall; Schwindel und Müdigkeit; Flüssigkeitsansammlungen in den Unterschenkeln. Aver mit dat allens kannst du jümmer noch leven. Wat hebbt wi noch? Zahnfleischbluten, Vergrößerung der männlichen Brustdrüse. Dor blifft en nich vun doot. Man mit düsse Zäpfchen, mit de mööt wi vörsichtiger mit umgahn: Übelkeit, Erbrechen, Nacksteifigkeit — is allens nich angenehm — aver Kehlkopfschwellung, Rudi, Einengung der Luftwege, Herzjagen, Bewußtseinstrübung, schull da allens op eenmal över di kamen, denn weet ik nich, mien Rudi, sä se un keek em an. Man do weer he al swiemelig, greep sik an't Hart, fluster: Water! Ik gah af. Nee, Rudi, hett Lisa seggt, dat deist du nich, aver Water kann di nich schaden, wat de Nebenwirkungen un Risiken anlangt, Water schallst du hebben.

Biller

Wat steiht in dat Book Mose, du schallst di keen Biller maken, mach dat nu wat wesen, wat baven in den Himmel is oder hier nerrn op de Eer.

Laat wi den Himmel maal weg, sä Gerd Müller, mi langt dat Billermaken al op de Eer. Do vertell he vun sien Jungsjohren in de Hitlertiet.

Ik weer nich jüst dat, wat en sik ünner'n richtigen Jung vörstell, sä he, weer nich stevig, stramm un harr keen Knööv, weer hager un mager. Ein Jammerbild! reep uns Turnlehrer, wenn he mi an't Reck hangen sehg. Mens sana in corpore sano, gesunder Geist im gesunden Körper, dor mussen wi na streven. Dat weer sien Snack.

Dat heff ik denn ok doon. Wenn en teihn Johr oolt is, höllt en dat nich lang ut, dat Butenvörstahn, un will dortohören. Ik bün lopen, sprungen, heff de Hanteln stemmt und de Klimmtögen öövt, aver dat hett allens nix holpen. Wenn Dubbs Bremer un Ernst Bollmann de Mannschaften för Völkerball wählen, ik bleev jümmer noch as de letzt stahn. Wullt du em hebben? fröög Dubbs denn. Aver Ernst schüttkopp: Behool em. Na, denn man loos, wunk Dubbs mi, loop bi uns mit. Un sä dat, as worr he en utgeven. Ik harr em afmurksen kunnt. Dat is fofftig Johr her.

Man den enen Dag, do stunn he wedder vör mi, Dubbs. Na fofftig Johr. He weer de Vörsitter vun den Vereen, wo ik en Vördrag holen schull. Dat heff ik nich wußt hatt. Stunn dor, jümmer noch stevig, aver kunn knapp mehr lopen. Athrose un de Bandschiev op. Quäl sik de lütt Trepp na de Bühne rop, begrött de Lüüd, quäl sik wedder daal, sett sik blangen mi un sä: Nu büst du an de Reeg.

Ik stunn op. Gung na de lütt Trepp. Wull ehr hoochgahn. Bleev miteens stahn. Un jump blangen de Trepp mit en'n Sprung na de Bühne rop. Heel den Vördrag un jump wedder vun de Bühne daal. Sett mi to Dubbs.

He starr mi an. Dat is je paradox, fluster he, du hest dien Knaken nich eenmaal Football spelen laten, ik heff ehr jümmer in de Gangen holen, bit hin na ›Alte Herren‹, sitt nu hier, kann mi nich rögen, un du, du hüppst dor rum, dat kann mi argern!

Do sehg ik em wedder vör mi, den lütten Dubbs, höör em fragen ›Wullt du em hebben?‹ un sä: Wenn en dor lang goot vun hebben will, vun de Knaken, denn mutt en ehr schonen. Un vergeet nich, Dubbs, mens sana in corpore sano, is de Geist gesund, blifft de Körper dat ok.

Aver denn hett mi dat leed doon, dat ik dat seggt heff un bün dor rumhüppt as en Aap. Wi hebbt en Beer drunken un hebbt dor um snackt, wo lang ole Biller piesacken köönt.

Ik seh Isenbaum dor noch den eersten Dag in de Döör vun uns Büro stahn; he keem jüst vun de Hoochschool, harr op Ingenieur studeert un schull bi uns sien Arbeit anfangen.

Guten Morgen, sä he, ich bin der Neue. Wi keken op, uns Gruppenboss, Hansjürgen, murmel: Dat kann je wull nich angahn! Denn wat dor in de Döör stunn, dat weer so wat as en Rocker: swatte Ledderbüx, Ledderjack mit Adlerbild op'n Rüch, un baven op den Kopp gungen de Hoor vun't Blaue över in't Gele, Rode bit hin na Violett. So stunn he dor.

Mathias Isenbaum, stell he sik vör. Ik nück Hansjürgen to: Dat is he. En Isenbaum schall bi uns anfangen. Aver nich bi mi! sä Hansjürgen, keem hooch, sä knapp: Bitte warten Sie! stöört ut de Döör, gung na unsen Chef, keem na teihn Minuten trüch, sack op sien Stohl und süüfz: He lett sik op nix in. Isenbaum schall bi mi arbeiten. Oh nee, stöhn he, noch so'n Figuur hool ik nich ut!

Denn Isenbaum sehg nich veel anners ut as Hansjürgen sien egen Jung, bloots dat de siet vergangen Week en kahlen Kopp droog. Mit lange Hoor weer he an' Morgen to School gahn un mit'n kahlen Kopp an' Middag wedder trüch kamen. Kunst, hett he to sien Vadder seggt, sien Kopp weer nu Kunst. Dat harr he in de School lehrt: Kunst ist Natur durch ein Temperament gesehen. Un dorum weer de kahle Kopp vun sien Vadder ok man bloots en Glatze. Mien aver, hett he seggt, un harr sik mit de Hand över den frischen kahlen Kopp fohrt, is Kunst! Poesie, Papa! Sien Mudder hett den ganzen Dag över de Poesie weent.

Un nu seet Isenbaum in uns Konstruktionsbüro, seet dor, fründlich, gefällig, möök sien Arbeit un lüüch an' Kopp in Geel, Blau, Root un Violett. Un Hansjürgen hett em triezt. Den enen Dag sä he to Isenbaum: Wat seggt Ehr Öllern egens to so'n Papageienfrisur?

Se möögt dat nich lieden, anter Isenbaum.

Sympathisch, gnurr Hansjürgen. Un wat doot se dorgegen?

Se kiekt weg.

Wenn ik dat man ok kunn, murmel Hansjürgen, aver Se sitten mi je vis-à-vis. En Tort is dat! En Regenbogen is en magern Anblick gegen Se Ehr Hoor! Aver en Regenbogen is ok je man bloots Natur un keen Poesie! Un vertell miteens vun sien Jung, vertell vun den sien kahlen Kopp, vertell, as wull he wat loos warrn, vertell, as schull Isenbaum seggen, gräsig, so'n kahlen Kopp, aver Isenbaum sä bloots: Poesie is de Blick ut de Krankenstuuv vun't Leeven. Dat harr he maal leest. Do leet Hansjürgen vun Isenbaum af un sä: Ik lees anner Saken.

So gung dat een Johr lang. Denn keem uns Betriebsfest. Un do, an' Avend, sehg ik Hansjürgen mit Isenbaum an' Disch sitten, se vertellen sik wat un drunken Beer. Nanu? heff ik dacht un gung na ehr hin. Hansjürgen sien Ogen strahlen: Stell di dat maal vör, reep he, weeßt du, wat Isenbaum ween is? Bi'n Bund? Panzerkommandant! He is Panzerkommandant ween!

Kommandant einer Panzereinheit, korrigeer Isenbaum liesen.

Noch beter! reep Hansjürgen. Kommandeur! So as ik! In' Krieg! Wi beiden, wi sünd Panzerfohrers! Wokeen kunn dat ok weten! Herr Isenbaum, sä

Hansjürgen, nehm sien Beerglas to Hand, Mathias, du kannst DU to mi seggen!

Un wull sien Arm in Isenbaum sien Arm inhenkeln, aver Isenbaum leet sien Glas stahn un meen, Kommandant, wegen dat muß en nich ›du‹ seggen, dat düch em ok schicklicher, he worr op Afstand achten, Hansjürgen weer je doch sien Chef.

Hansjürgen keek verbaast, leet Arm un Glas sacken, stamer för'n Momang wat vun ›Kommandant is Kommandant‹, meen denn aver wedder forsch un vergnöögt, Respekt, Respekt, denn schull Mathias bi dat ›Se‹ blieven, he aver worr nu Mathias un ›du‹ seggen, so harr he dat mit sien Suldaten ok holen, de harrn ›Herr Major‹ seggt, un he harr ehr as en Vadder duuzt. Also Respekt, Respekt, sä he noch maal, en schall dat nich för möglich holen, wat in den Jung stickt!

Den annern Morgen keem Isenbaum mit en kahlen Kopp in't Büro. Hansjürgen hett em anstiert un hett stöhnt: Warum nu dat!?

Isenbaum hett seggt, he wull em nu den Tort mit den Papageienkopp nich länger andohn, so'n kahlen Kopp, de weer je sotoseggen farbneutral, hett Isenbaum fründlich meent. Und denn sä he noch, em weer dat in de Nacht dörch den Kopp gahn, harr he güstern al den kahlen Kopp hatt, Hansjürgen harr em wiß ok denn dat ›du‹ anboden. Denn Kommandant blifft Kommandant, wat he nu en kahlen oder en Papageienkopp hett, sä Isenbaum. Un so wull he man seggen, en kunn dat nich för unmööglich ansehn, dat ok anner Lüüd mit en kahlen Kopp Kommandant warrn kunnen.

Is goot, is goot, hett Hansjürgen afwunken, hett mi ankeken un hett flustert: He bringt mi um.

Dat is veerteihn Johr her. Hansjürgen un ik sünd in Rente. Isenbaum is Chef vun't Konstruktionsbüro. Gelegentli gaht wi to Olenkaffee in uns Firma. Denn kiekt wi ok maal bi Isenbaum in, wi hebbt em lang nich sehn, he is veel op Tour.

Aver güstern seet he dor, achter sien Schrievdisch, reep: Hallo! Was für eine Überraschung! Wi mussen uns setten. Isenbaum leet Kaffee holen, wi vertellen vun fröher Tieden, un Isenbaum seet dor, swatte Hoor, Jackett, Fischgräte, Jeansbüx vun de beter Oort, witt Hemd, Krawatt, an de Fingers man een Ring, he weer verheiraadt. Manierlich.

Do sä Hansjürgen: Wenn ik Se so ankiek, Mathias, mit de Tiet warrt wi all sinniger un loopt in de Spoor. Respekt, Respekt! Isenbaum sä för'n Momang nix, töger, keem vun sien Stohl hooch, trock sik dat Hemd över'n Kopp, stunn halvnakelt vör uns, tipp mit den Wiesfinger op sien Buuknavel, de sehg ut as en lütte Roos, un merrn in de Roos dor seet en Parl in, de schimmer as en Daudruppen. Mein Himmel, sä

Hansjürgen verschroken, is dat ›piercing‹, wo en sik Ringen un Parlen dörch Ohren, Nees un anner Fleesch steken deit? Isenbaum nück. Also doch noch! sä Hansjürgen, starr op Isenbaum sien Buuknavel mit de Parl un fröög: Wat schall dat nu?

Isenbaum keek em fründlich an, as jümmer, un sä: Poesie.

Wenn du Peter Heuer, Willi Meier, Hans Hansen, aver ok en Barg anner Lüüd in Barnstrup fragen worrst, wat hebbt jüm gegen Swatte, Gele, Russen un Polen, denn worrn se seggen: Wi? Gor nix! Sünd allens Minschen.

Fraagst du ehr aver, wokeen dörvt sik in Barnstrup en Grundstück kopen, en Huus buen un dor wahnen, denn seggt se: Oha! Dat is nich so eenfach to! Denn de Barnstrupper laat lang nich jeedeen in ehr Dörp rin. Dorum liggt ok de Peerkoppel as Braakland, liekers de Gemeen ehr siet twee Johr as Buuland utschreven hett un de Lüüd anstaht. De Barnstrupper köönt sik dor nich um enig warrn, wokeen sik bi ehr inkopen dörvt.

Willi Meier hett in' Gemeenderaat seggt: Ik will de Bambusen ut de Naverdörper nich bi uns wahnen hebben! Hier kann ener bloots kopen, de hier ok born is!

Gesetzeswidrig, hett Rudi Reimers faststellt.

Do hett Hans Hansen verlangt: Tominnst mutt so'n Minsch fief Johr mank uns leevt hebben, dat wi em kennt. Ganz un gor frömde Lüüd mach en hier je wull nich sehn!

Gesetzeswidrig, hett Rudi Reimers faststellt.

Verdorri noch maal! hett Otto Röper ropen, wenn se al nich bi uns groot worrn sünd oder sik in de letzten Johren bewiest hebbt, denn mööt se tominnst toseggen, dat se hier ok wahnen blievt un nich foorts wedder verkopen doot. Also rin in de Kantüffeln, ruut ut de Kantüffeln, sowat schall hier nich Mood warrn!

Gesetzeswidrig, hett Rudi Reimers seggt.

Do is de Bürgermeister, Peter Heuer, giftig worrn un hett Rudi anfohrt:

Nu will ik di maal wat seggen, wenn dat na dien Gesetzen gung, denn kunn hier jedereen hertrecken, de ut Ellerup, Haderup, Süderup, womöögli noch de ut de Stadt!

So is dat, hett Rudi antert.

Sowiet kummt dat noch, hett Peter em anblafft, aver Rudi hett trüchblafft: Dat Gesetz schrifft Toleranz vör!

Dat hett den Bürgermeister piesackt. He hett sik en Wörterbook herkregen un in de neegst Sitzung to Rudi seggt: Toleranz? Weeßt du överhaupt, wat dat is? Höör to, ik lees di dat maal vör: Toleranz – Duldung. Aver wat heet dat noch? Toleranz: Zulässiges Abweichmaß von der vorgeschriebenen Maßgröße. Nu kickst du, wat? Wi snackt hier um dat ›zulässige Abweichmaß‹! Um nix anners!

So is dat wull. Denn de ›vorgeschriebene Maßgröße‹, dat is för de Barnstrupper kloor, de sünd se sülm.

Güstern avend hebbt wi an' Stammdisch de Genforschung bi'n Wickel hatt. Ik heff leest, sä Hein Matzen, de Forschers hebbt nu rutfunnen, dat gifft en ›Glücksgen‹; wokeen jümmerto glücklich is, in den sien Chromosomen sitt en Gen, wat en Glücksgeföhl utlösen deit. Un nu denk ik mi, sä Hein un keek Momme Mommsen an, denn kannst du dor ok nix för, dat du jümmer so muffelig in de

Gegend rumlöppst, in dien Chromosomen sitt en Muffelgen. Anners is dien Karpenmuul je nich to begriepen.

Do kemen wi in de Fohrt. Miteens weer allens kloor: Nüms hett mehr Schuld an sien Denken, Dohn un Föhlen. Dat liggt allens an de Gene! De stüürt uns! So as bi Peter Hölting, de hett dat ›Hest-du-wat-Gen‹, denn sodra Peter mit een vun uns in' Snack kummt, wi köönt dor op töven, dat duurt nich lang, un he fangt sien argdenkern Fragen an: Du kickst so? Hest du wat? Un liekers en denn seggt: Ik heff nix! Peter kickt scheev vun de Sied un seggt: Wenn du man nich doch wat hest. Maal hett Hannes Mohr em op de Straat nich sehn hatt, do hett Peter ropen: Wat is mi di? Du löppst an mi vörbi un driggst de Nääs so hooch! Hest du wat? Heff ik, hett Hannes lacht, ik heff mi ut mien Vadder sien ole Büx en West maken laten, nu kann ik mi nich an den Geruch gewöhnen!

Hannes hett dat Gen för dumme Snacks, un Rudi Vogelsang, de jümmer sien Fruu vergitt, wenn he en annere süht, de kann dor nu ok nix mehr för, he hett dat Nestflüchtergen. So eenfach is dat. Nu sünd wi Minsch as de Tieren Tieren sünd. Nu köönt wi för nix mehr wat af.

Oder schull dat doch noch en lütten Ünnerscheed geven, denn wat hett de anner maal schreven: Der

Mensch – das andere Tier? Kunn dat ween, wi hebbt bavento to all de annern Gene ok noch en Gen för't Fragen? Denn ik meen, wi harrn Peter Hölting ok maal fragen kunnt: Peter, wat quält di, du büst jümmer so argdenkern? Un Momme Mommsen harrn wi fragen kunnt: Momme, wat maakt di so muffelig? So büst du doch nich op de Welt kamen! Un Rudi Vogelsang, de harr sik sülm maal fragen kuunt, wo dat an liggt, dat he jümmer övern Tuun hüppen mutt. De Tieren, soveel as ik weet, de Tieren, de hebbt so'n Gen nich, de köönt nich fragen.

Ik harr den Mann lang vergeten, dat weer je ok al en Reeg vun Johren her, wo he vör mi seten hett. Un as ik em nu wedder dreep, heff ik em nich mehr kennt hatt. Aver he mi. Un he harr Bang för mi – so as ik vör em, denn he weer in dat groot Musikhuus an' Markt de Chefverköper för Klassikschallplatten. Ik wull mi nu endlich en Sammlung mit klassische Musik toleggen. Man ik verstah nix vun Musik, ik mach ehr bloots geern hören un heff Bang, so'n Verköper markt dat un kickt mi minnachtig vun baven an. So stah ik vör den Mann, he is de Hemmschwelle, över de mutt ik nu weg, un ik segg: So un so is dat, ik verstah dor nix vun, will aver geern Musik hören, un womit ik anfangen schall, wat gode Orchesters sünd un Dirigenten; vun dat allens weet ik nix vun af, wat he mi hölpen kann? He schall doch maal en lütten Plaan för mi maken, wat ik toeerst kopen schall un woans dat denn wiedergahn kann. Un denn segg ik, wenn he dor nix gegen intowennen hett, dennso wull ik de neegst Week wedder bi em inkieken, un he driggt mi sien Plaan vör. He kickt mi verwunnert an, warrt witt un root in't Gesicht, un ik denk, wat hett he, is dat hier to warm, oder kriggt he dat övern Kopp, wenn he mi so över de Musik snacken höört? Un ik segg dorum ok recht wat bescheiden: Ich wäre Ihnen verbunden, wenn Sie mir auf diese Weise helfen könnten. Und übrigens, mein Name ist Bull. Un he antert: Ich will mich bemühen, Herr Professor Bull. Un ik wunner mi, wo weet de Mann her, dat ik en Perfesser bün, wo ik em doch noch nie sehn heff, un denk, na ja, un segg: Dann bis zur nächsten Woche.

De anner Week stah ik wedder vör em un fraag, wat he Tiet hett un kann mi raden, wat ik kopen un hören schall? Do stellt he sik op un höllt en feinen Vördrag: Ik schull mit de un de Komponisten anfangen, un dat best weer, ik worr de un de Orchesters mit de un de Dirigenten utsöken, denn he weer de Menen, de worrn opbest musizeren.

So snackt he meist en Viddelstunn lang, un ik freu mi, he kann mi dat allens so fein verklookfideln, ik kann mi nu vun de Komponisten un ehr Warken en Begriff vun maken. Aver em löppt de Sweet över dat Gesicht, un ik denk: Wat hett de Mann? Maal warrt he witt, maal root, de Sweet löppt em daal, is he krank? Un fraag em: Wat is mit Se? Do süüfzt he deep un seggt: Se kennen mi nich mehr? Ik Se? segg ik. Schall ik Se kennen? He nückt. Deit mi leed, segg ik, wo hebbt wi uns denn al maal drapen? In der Ersten Staatsprüfung für Lehrer an Grund- und Hauptschulen, seggt he. In de wat? kiek ik em verbaast an. Sie waren mein Prüfer, und ich bin damals mit Pauken und Trompeten durchgefallen! Und nun heute dies! Wieder eine Prüfung!

Bestanden! geev ik em de Hand. Mit Auszeichnung!

Ich wäre nie ein guter Lehrer geworden, seggt he.

Aver en allerbest Mann för Musik, segg ik.

Me is mien Hölper op den Weg in de Musik worrn. Dor schall Dank för seggt warrn.

Hein Möller is unsen Kunstmaler in't Dörp, he maalt allerdings jümmer een- un datsülvige Bild: Hafenansicht mit Kutters. Aver he maalt ehr mit twee Variatschonen: Maal liegt de Kutters bi Ebbe op'n Slick, maal speegelt se sik bi Floot in't Water. Düsse beiden Biller kann Hein in Droom malen, un vun de leevt he ok al veerdig Johr.

Wenn de Touristen kaamt, bebummelt he sien Fohrrad vun vörn bit achtern mit Kutters, links de bi Ebbe, rechts de bi Floot. So treckt he mit dat Rad de Kurpromenaad lang, schufft dat de Straten op un daal oder steiht vör Willem Kraut sien Krabbenstand an' Haven un röppt:

Wo kommen Kraut seine Krabben her?
Sie kommen aus dem Meer!
Wie kommen sie auf euer Brot mit Butter?
Nur über meine Kutter!

Denn lacht de Touristen un koopt em för'n paar Mark sien Kutterbiller af.

Maal hett dor en ut Bayern vör sien Rad stahn, de weer jüst ankamen un harr noch nie Ebbe und Floot sehn, de bekeek sik de Kutters op de linke Siet, de bi Ebbe, schüttkopp un fröög:

Ist das ein Schiffsfriedhof, den Sie da gemalt haben?

Ja, hett Hein antert, Beerdigung.

Und was geschieht mit diesen Schiffen? hett de anner sik wunnert.

Do hett Hein em op de rechte Siet vun't Rad trocken un hett seggt: Auferstehung. Fischkutters bei Flut.

De Lüüd in't Dörp seggt, Hein hett en lütten an de Luuk. Wenn dat man stimmt. Annerletzt hett he sik mit unsen Börgermeister vertöörnt, mit Hugo Hansen, de hett em fraagt hatt:

Hein, du büst doch unsen Lokalkünstler, kannst du nich ok maal en Hafenansicht mit Kutters für mien Amtsstuuv malen?

Kann ik, hett Hein antert.

Aver denn hett Hugo noch seggt:

Wölk vun dien Gemälden sünd recht wat flusig pinselt, dücht mi. Uns Kutters sünd aver je doch smuck. Geev di Möög, de Delikatesse liggt in dat Detail!

Do hett Hein gnurrt: Ik bün Künstler un keen Delikatessenhändler! Ik maal Impressionen!

Ah, hett Hugo lacht, Impressionen kann ik ok malen. Aver na de Natuur malen, so as se utsüht, dat is Kunst!

Kann ik ok! hett Hein seggt.

Fief Daag later kummt he mit en groot inwickelt Bild na Hugo op dat Amt.

De puult de Bindfadens af, treckt dat Gemälde vörsichtig ut dat Packpapier un ritt de Ogen op:

Wat is dat? Wullt du mi ökeln? blafft he Hein an. Ik

heff en Bild mit Hafenansicht un Kutters bestellt, du aver hest en Lastwagen maalt, Willem Kraut sien Krabbenauto. Wo ist de Haven, wo sünd de Kutters?

Tscha, hett Hein seggt, ik harr jüst mien Staffelei an' Haven opbuut, do kummt Willem mit sien LKW un stellt sik vör dat Motiv. Wat schull ik maken, du wullst je, ik schull na de Natur malen. De Haven un de Kutters, de liegt nu achter den Lastwagen. Kannst du de lütten scheven Streken över den LKW sehn? Dat sünd de Spitzen vun de Kuttermasten. All en beten scheev, detailgetreu, wi harrn Ebbe.

Hugo hett em rutsmeten. Aber merke:

Der Schein soll nie die Wirklichkeit erreichen, und siegt Natur, so muß die Kunst entweichen. Schiller.

Groot warrn

Also dat is för den lütten Sven kloor, he will LKW-Fohrer warrn, so as sien Vadder en is, un wenn se sik denn mit ehr Wagens op de Landstraat dreept, denn will he em mit de Lichthupe gröten un mit den Wiesfinger vun de rechte Hand an de Mütz tippen, so as he dat jümmer bi sien Vadder süht. Dat Mallöör is bloots, he mutt dor noch lang op töven, he is je eerst acht Johr oolt und dörvt noch nichmaal en Dag lang mit sien Vadder op Tour gahn, jümmer seggt sien Mudder: Du büst to lütt, Papa mutt arbeiden un kann nich op di oppassen. Un ok sien Vadder meent: Tööv man, bit du grötter büst. Dorbi is he de tweetgröttst Jung in de Klass, un sien Unkel hett eerst annerletzt seggt: Jung, du schüttst je as en Rakeet in de Hööchde! Raketen sünd nich lütt! Aver wenn sien Mudder meent, he is noch en Lütten, denn mutt he ehr bewiesen, se is op'n Holtweg un sien Vadder ok! Do weet he, wat he doon will.

Den enen Morgen steiht he fröh op, he will in't Swimmbad, seggt he to sien Mudder, geiht noch vör sien Vadder ut' Huus und kleddert buten in den sien LKW, verstickt sik dor. Dat duurt nich lang, do kummt sien Vadder, röppt ›tschüüß‹, stiggt in un fohrt loos.

Vörsichtig krabbelt de Lütt achtern op den LKW ünner de Plaans ruut, kickt in de Welt. Weiden, Köh, Peer, dat kennt he, he wahnt je sülm op'n Dörp. Denn aver en Bahnschrank, en ICE suust vörbie. He hett noch nie en ICE sehn, bloots in't Fernsehn. De Schrank geiht hooch, se fohrt wieder, kaamt dörch en lütte Stadt, Lüüd in Swatt loopt achtern Sarg her, dat hett he ok noch nich sehn hatt. Un he denkt, wenn en wat süht, wat en bitherto nich kennt hett, denn warrt en groot. Un freut sik as en Stint.

Man denn böögt de LKW vun de Straat af, höllt op den Hoff vun de Tegelee. Nu warrt dat Tiet, nu mutt de Lütt fix vun't Auto un sik versteken. Deit dat, kickt to, wo se den LKW vullstapelt mit rode Klinkersteen, so vull, wo schall he dor noch ünnerkrupen. Un ehrer he sik versüht, stiggt sien Vadder in un fohrt vun' Hoff.

Sven aver huukt in sien Versteek, Hoff un Schuppens seht miteens düster ut, do kriggt he Bang, he will keen Hoff, keen Schuppens, keen Klinkersteen mehr sehn, he will överhaupt nix mehr sehn vun de Welt, he will na Huus. Man do steiht en Arbeider vör em, kickt verwunnert un fraagt: Wo kummst du denn her?

Mein Vater, snuckert de Lütt un vertellt sien Geschicht. De Mann grient un seggt, he schall man maal mitkamen, un nimmt em mit in't Büro. Vun dor röppt he de Mudder an un ok de Firma, wo sien Vadder de Klinkersteen hinfohren schall. Dien Papa hoolt di vunavend wedder af, dat duurt aver je noch, nu kummst du mit un kickst to, woans wi rode Klinkersteen brennen doot.

As dat Fieravend warrt, fohrt de LKW vun sien Vadder op'n Hoff. Sven sitt mank de Arbeiders un vertellt ehr, he weet nu, woans rode Klinkersteen brennt warrt. Do kummt sien Vadder, de Lütt suust na em hin un föhlt, schöön, dat sien Papa wedder dor is.

Tohuus vertellt he sien Mudder vun den ICE, vun de Lüüd in Swatt, vertellt vun roden Klinker, vertellt un vertellt un slöppt noch an' Disch in. Se bringt em to Bett, kickt lang, wo he dor slöppt un süht, he is en lüürlütt Stück grötter worrn.

Ik wull ehr egens bloots na den Weg fragen, de beiden lütten Deerns, aver miteens seet ik merrn in en Drama. Se wussen nich, wo dat Huus leeg, wat ik soch. Na ja, sä ik, denn mutt ik annerswo noch maal fragen, deswegen mööt jüm aver je keen so bedrüppelt Gesicht maken. Do sä de Gröttere vun de beiden: Es ist nämlich so, wir haben ein Problem.

Nanu, sä ik un smuster, wat hebbt jüm den för'n Problem?

In dat Huus an't Enn vun de Straat, sän se, dor wahn en Jung, de harr en Nest mit lütte Müüs funnen, söven Stück, un een vun ehr, de harr he mit ehren Swanz op sien Angelhaken piekst un denn de Angel langsaam in't Water daallaten, do weer de Muus versapen. Und das ist Tierquälerei, sän se, un de Tranen stunnen ehr in de Ogen.

Dunnerwedder, reep ik, un nu?

Wir kaufen sie ihm ab, sä de Grote, zwei Mark für eine Maus, hat er gesagt.

Dat sünd je veerteihn Mark, hebbt jüm denn soveel Geld?

Zwölf, snucker de Lütte, eine hat er ja schon tot gemacht.

Un twölf Mark? Hebbt jüm de?

Sechs.

Also dree Müüs.

Das ist so ungerecht, sä do de Lütte un fung dat Hulen an, welche sollen wir denn nehmen?

Ich hau' ihm den Karton aus der Hand, sä de Gröttere, er hat sie in einem Karton; wenn er die Hand nach dem Geld ausstreckt, hau ich ihm den Karton aus der Hand, dann laufen alle weg.

Wenn dat man klappt, sä ik, ehrer he sien Geld nich hett, warrt he den Karton wull fastholen. Wat seggt jüm Öllern denn dorto?

Die sind nicht da, und er will jetzt mit den Mäusen zum See.

Do heff ik ehr dat Geld geven.

Wir zahlen es zurück! repen se un susen af.

In Ordnung, sä ik. Un heff eerst veel Stunden later dacht: Woso heff ik nich mit den Jungen snackt?

Fröher maal do hett dat heten: Kinner mit'n Willen kriegt wat vör de Brillen. Un de Jung hett to sien Vadder seggt: Wi kunnen so schöön as Bröder leven, wenn du bloots dat verdammte Hauen nalaten wullst! Aver so'n Vadder hett meent: Junge Bööm laat sik bögen, ole nich, Kinner mööt Dwang hebben.

Hütigendags geiht dat mennigmaal annersrum. Wat sä de lütt Deern güstern to ehr Mudder in' Supermarkt?

Mama, ich will Bontjer!

Aver Mama anter: Nee.

Doch, Mama, Bontjer.

Ik heff seggt: Nee!

Do fangt de Lütt dat Blarren an: Ich hab' Mama gar nicht mehr lieb!

Süh, un Mama gifft ehr de Bontjer.

Tscha, dat is en Freud för de Kinner, wenn de Öllern sik goot schickt.

Geiht aver ok anners. So as bi den Vadder, de keem mit sien twee Jungs vun' Strand, bummelig veer un süß Johr oolt. Beid lieker matt un mööd vun Sünn un Water. Nu mussen se aver noch en paar hunnert Meter bit na'n Parkplatz lopen, un de Lütten weern an't Quengeln un Quesen.

Papa, reiten, jammer de Lütt, ich kann nicht mehr laufen!

Un he keem bi den Olen op de Schuller to rieden. Foorts sacken ok den Groten de Been weg, he sett sik merrn op den Weg un stöhn: Ich bin umgefallen.

Also beid köönt se nich op ehren Vadder rieden, de Ool is je keen Peerd. Un wat deit he, de Vadder? He fangt dat urole Speel an: Ich sehe was, was du nicht siehst. Eerstan is dat en olen Football mank dat Heidkruut, denn de Möӧv, de över ehr hinseilt, de Rest vun' Plastiktüüt, en vergeten Kinnerschüffel. So treckt de Ool ehr den Weg na'n Parkplatz lang. Man denn ist dat ut.

Ich will nicht mehr sehen, mattert de Lütt, ich hab' Durst!

Ich auch, klaagt de Grote, außerdem gibt's auch gar nichts mehr zu sehen, nur blöde Dünen!

Es gibt immer etwas zu sehen, gnurr de Vadder.

Aber ich kann nicht mehr laufen, und das siehst du nicht! mucksch de Lütt.

Bumms bleev de Vadder stahn.

Ihr wißt, was wir abgemacht haben, sä he, jammern darf man immer, auch im Urlaub, aber wir haben ein Quantum verabredet, und euer Jammerquantum ist für heute voll!

Ich muß aber jammern, murr de Lütt, ich hab' Durst, dafür jammer ich morgen eben weniger.

Aver de Ool bleev stuur: Grab' ein Loch in den Sand, such' nach Wasser oder komm' mit zum Auto, da ist Brause. Aber gejammert wird nicht mehr! Vertrag ist Vertrag!

De Lütt hett bit na dat Auto keen Piep un keen Pap mehr seggt, bloots de Grote, de hett noch maal gnurrt: Scheißvertrag!

Aver wat hebbt de olen Lateiners seggt: pacta sunt servanda: Verträge müssen bedient werden.

Un denn is dat ok je so: Verdrag kummt vun Verdrägen, un dor geiht dat um.

Wat schüllt de Lehrers nich allens weten un könen! Se schüllt sik op ehr Fächer verstahn, mööt Pädagogik, Psychologie un en Barg mehr studeren. Is ok allens wichtig und versleit liekers nix, wenn he oder se de Leev nich hett. Denn ahn de Leev gifft dat keen Tovertruun, un ahn Tovertruun döcht de ganze School nix.

De Deerns un Jungs aver in dat eerst Schooljahr, de wussen, Fruu Bruhns, de harr de Leev. So as do an den kolen Winterdagmorgen. Do seten de Lütten achter ehr Dischen un weern för dull an't Schrieven, malen ehr eersten Wöör in de Heften.

Wat för'n Angang un wat för'n Wichtigkeit! Nu kunnen se schrieven, nu weern se ok bald groot! Man wenn en so sitt, treckt de Lippen in un maakt en kruse Stiern, so ieverig pinselt he de Bookstaven, denn kann dat ok al mal mallören, he vergitt den Putt un dat drübbelt merrn in de Stünn ünner sien Disch. So as bi Jan. De ritt miteens verschroken de Ogen op, kickt sik banghaftig um, noch hett dat nüms mitkregen, noch hett nüms em utlacht un mit'n Finger op em wiest. Bloots Fruu Bruhns, de süht dat Unheel sik ünnern Disch versammeln. Do sett se sik blangen den Lütten un flustert: Wullt du gau maal na Huus lopen?

He druckst dörch verknepen Lippen: Ja.

Denn man to, seggt se, un kummst dröög wedder.

Ja, seggt he, strahlt ehr ut dankbore Ogen an, steiht

op un geiht. Un steiht keen twee Minuten later wedder in de Döör. Nanu? denkt se. So fix? Dat kann je wull nich angahn. Un geiht mit em vör de Döör.

Büst du al to Huus ween?

He schüttkoppt: Es ist so kalt draußen.

Se kickt em fraagwies an und seggt verwunnert:

Aver du hest doch en quatschnatte Ünnerbüx an?

Do antert de Lütt quietschvergnöögt: Ich hab' ihr ausgewringt!

Süh, dorüm muchen se Fruu Bruhns so dull lieden.

Wat mutt en nich allens in de School lehren: Lesen, Reken, Schrieven, Biologie, Erdkunde, un wat noch allens! Aver mutt en nu ok noch dat Strieden lehren? Jawull, sä de junge Lehrer, denn Strieden un Strieden dat sünd twee poor Stevel! De een seggt: Haust du mi, hau ik di! De anner geiht na dat Motto: Solang en noch mit Wöör strieden kann, solang kann en ok noch recht kriegen. Un dorum schullen de Deerns un Jungs in sien Klass nu dat demokratische Strieden lehren, mit Wöör un Wedderwöör.

Den enen Morgen sä he: Vun nu an schull dat in de Klass togahn as in London, in dat Parlament. Dor, wenn ener wat seggen will, steiht he op un driggt sien

Kraam vör, un wokeen dorgegen snacken will, de maakt dat jüst so. Dorum schull dat nu in ehr Klass keen Melden mehr geven. Finger hoochrecken un töven, bit de Lehrer en opröppt, dat weer je keen Diskereren, dat weer nix as Opropen un Afropen. Dat döggt nix för dat Leven, hett de junge Mann dacht, dor mutt en dat Muul vun alleen opmaken könen.

Nu kunnen se aver je nich all toglieke Tiet opstahn un loossnacken, dorum schullen jümmer bloots fief stahn, un wenn vun de fief ener markt, de anner hett al seggt, wat he jüst seggen will, denn schall he sik setten un den Platz frie maken. So kunnen se lehren, dat en op den annern acht un höört. Also, sä de junge Lehrer, vun hüüt an is hier dat Parlament vun England!

Wat hebbt de Deerns un Jungs de Ogen opreten. Parlament? Keen Fingers mehr hoochrecken? Eenfach op to snacken? Denn man to! Un grölen all dörchenanner. Tscha, wokeen lang an de Lien lopen is, de mutt op Kutscher eerst lehren. Aver en halv Johr later harrn se den Bogen ruut, hören openanner, snacken mitenanner.

Aver nu den enen Dag worr de Lehrer krank, för em kummt en Kolleeg, Vertretungsunterricht. De leest ehr en Geschicht vör, un as he dor fardig mit is un will nu sien Fragen stellen, do staht de Deerns un Jungs op un fangt ganz vun alleen dat Snacken över de Geschicht an.

Nanu, denkt de Lehrer, wat is dat denn? Un seggt: Bitte meldet euch, wenn ihr etwas sagen wollt.

Do strahlt de lütt Reiner em an un seggt: Wir melden uns aber nicht mehr.

Was soll das heißen, ihr meldet euch nicht mehr?

Wir sind hier nämlich im englischen Parlament, und da melden sie sich auch nicht!

Do hett de Lehrer dacht, se wüllt em triezen un hett ehr Bescheed geven:

Ihr seid nicht im englischen Parlament, ihr seid in der Schule! Also Finger hooch und melden!

Süh, do worrn se mucksch, stieren den Lehrer an un hebbt dacht: Vun England un dat Parlament dor weet he nix vun af. Seten den Rest vun de Stunn dor un hebbt dat Muul nich opmaakt. Vun't Muulholen aver kann de Demokratie nich lang vun leven.

Un wat unsen jungen Mann anlangt: He schull dat Melden wedder inföhren, hett de Konferenz seggt, vunwegen de ›Kompatibilität‹ mit de annern Lehrers. Dat wull he aver nich un hett Arger kregen.

Wat hett de ool Schiller seggt: Das Alte stürzt, es ändert sich die Zeit, und neues Leben blüht aus den Ruinen. Dat mach je ween, man wenn dat um de School geiht, denn is dat mennigmaal nich wiet her mit dat Stürzen un dat niege Leven, denn geiht dat na dat Motto: Ein jeder Wechsel schreckt den Glücklichen.

Wat sä unsen olen Lehrer Willem Sievers jümmer, wenn he mit de Schoolstunn un sien Pensum dörch weer: Was lernt uns das nun? Tscha, dat wussen wi mennigmaal ok nich so recht, un desterwegen harr Willem sien egen Methood, dat wi den ›Ertrag‹ vun sien Stunnen nich vergeten schullen. Dat weern sien ›Bilanzsätze‹, de mussen wi bimsen. Harrn wi mit em en Geschicht dörchnahmen, wo dat um de Höflichkeit in gung, denn mussen wi an't Enn vun de Stunn alle Mann opseggen: Mit dem Hute in der Hand kommt man durch das ganze Land. Oder wenn Willem uns wat över den Nord-Ostsee-Kanal vertellt harr, denn hett de Bilanzsatz heten: Kiel und Brunsbüttel sind die Schleusenstädte des Nord-Ostsee-Kanals. En Stunn ahn Bilanzsatz, dat weer für Willem wegsmeten Tiet.

Süh, un nu sitt ik sülm dor un söök mien Bilanzsatz för de Stunn, de ik annerletzt as Gast geven heff. En Lehrerin harr mi fraagt, wat ik de Lütten in ehr tweet Schooljahr nich maal wat op Platt vertellen kunn.

Aver de Lütten kunnen keen Woort Platt. Kloor, en Gedicht opseggen, Rode Grütt, dat kunnen se allerbest, man dat harrn se lehrt, as en Engelsch lehrn kann. Ik seet op'n Proppen un wuß al gor nich mehr, wat ik mit ehr opstellen schull. Do frööq ik ehr, wat se denn de Tallen op Platt kunnen: een, twee, dree...? Nee, dat kunnen se ok nich. Na ja, do hebbt wi dat öövt. Un as wi so an't Tellen sünd, do full mi miteens mien Vadder wedder in, de harr as lütten Jung en ›Geheimsprache‹, in de kunn he ok bit twölf tellen. Un dat gung so: Eina, zweia, dreia, finka, funka, sacka, bona, knacka, rima, tima, tischka, bumm.

Dat vertell ik nu de Lütten. Jungedi, wat weern se miteens hellwaak. ›Geheimsprache‹? Sowat kennen se je sülm! Un in Nullkommanix harrn se de Tallen intus: eina, zweia, dreia, finka, funka, sacka! Denn bimmel dat. Se störmen rut un op'n Schoolhoff rappel dat man so vun ›rima, tima, tischka, bumm‹! – Ik gung na Huus. Een vun de Lütten leep mi noch achterna un reep: Herr Bull, ich weiß nicht mehr, wie ›sieben‹ heißt! ›Bona‹, sä ik. He strahl un huul af.

Tscha, was lernt uns das? Un wo heet de ›Bilanzsatz‹? Schall ik nu seggen: Jedereen hett de Spraak, de he nödig hett; un de he nich nödig hett, de snackt he ok nich un mutt ehr nich lehrn? Dor kann en sik denn je maal Gedanken um maken...

Glückliche Ogen

Siet dat Thea Holler vör fief Johr mit ehr Auto vun de Straat afkamen is, is se blind. Un hett liekers glückliche Ogen. Wenn ik ok nich mehr kieken kann, seggt se, so kann ik doch noch sehn.

Dat eerstmaal, wo ik düssen Snack vun ehr höört heff, dat weer an ehren Geburdsdag. Ehr Broder Peter harr ehr ut' Heim hoolt, wo se siet den Dood vun ehren Mann wahnt. So sünd ok wi Navers to Graleren kamen.

Peter harr ehr en feinen Disch mit Geschenken herricht. In de Midd brenn en Kerz. Dat is mien Geburdsdagslicht, sä Thea. Dat brennt man eenmaal in't Johr. Ik heff dat kregen, do weer ik 21. Un is jümmer noch datsülvige Licht.

Ik verwunner mi över dat groot Book, wat blangen de Kerz leeg, Maler des Nordens, en Katalog vun'n Gemäldegalerie. Wokeen schenkt ehr nu sowat? Wat schall se mit Biller anfangen? Ik fröög, wat ik dor maal rinkieken dörv. Do fung se dat Swögen an, ik schull mi man mit dat Book in de Eck setten, so schöne Biller worr ik so gau nich wedder to sehn kriegen. Noch beter weer't, ik worr mi ehr in de Utstellung ankieken, se weer dor ok jüst mit Peter ween. Ik kenn de Biller noch vun fröher her, sä se. Peter harr ehr vun Bild to Bild föhren muß, harr den Naam vun't Bild nöömt, un se harr wußt, wat dor op to sehn weer. Un wenn se denn de Lüüd um sik her höört harr, wo se liesen över de Biller snacken, denn weer ehr dat ween, as wenn se wedder mit ehren Mann dörch de Utstellung gung.

Later an' Namiddag vertell ik, dat ik na Irland reisen wull. Dor weer se ok al maal ween, sä se, ehr Mann harr dor en lütten Film vun maakt, wat ik den maal sehn wull? Ik keek Peter an, tucks mit de Schullern, as wull ik seggen: Dien Swester kann doch keen Film sehn? Aver he anter: Kiek di Thea ehren Film man ruhig maal an.

Dat heff ik denn ok doon, 'n poor Daag later seet ik bi ehr in de Stuuv. Se huuk in ehren Sessel, den Kopp in de rechte Hand stütt, un keek in ehren Schoot. Peter schoov de Kassett vun den Irland-Film in, un ik dach: Nu sitt ik hier mit'n blinne Fruu un schall mi ehren Film ansehn, wo kann dat gahn?

Do sett ok al de Musik in, de eersten Biller lüchen op, en smalle Landstraat in Connemara, Sommerdag, Köh kaamt de Straat hooch, veer, fief Deerten, een vun ehr blifft stahn, reckt den Hals na de Kamera un brüllt. Do fung Thea in ehren Sessel dat Vertellen an.

De Koh schall kalven, sä se. Se höört den Mann to, de dor mit sien Fohrrad anbimmeln kummt. He is de Buur un hett dat hild, wat he ehr noch to rechte Tiet na'n Hoff hin kriggt.

Hallo! reep de Mann in den Film un bleev stahn. He will, ik schall em knipsen, lach Thea, nich bloots sien Köh, he harr al lang keen frisch Bild vun sik to sehn kregen. Un de dor nu bellen deit, dat is sien Hund, de mutt Sitz maken bi dat Foto.

Wi hebbt den Mann dat Bild schickt. Many thanks, hett he antert, he harr allerdings dacht, he worr smucker utsehn. Sien Büx weer je doch recht wat to kort, aver dor harr sien Köter schuld an, de harr sien Vergnögen an Beenkleder un harr de Büx mit de Johren wull Zentimeter för Zentimeter opfreten. Schullen wi noch eenmaal na Irland kamen, mussen wi bi em inkieken, denn wull he sik sien Sünndagsantoch antrecken. Dor is aver nix mehr vun worrn.

So vertell Thea vun Irland, Bild för Bild. Opletzt weer en groot Schipp to sehn, mit dat sünd se na Huus reist. De Damper tuut, lee af, leet Irland achter sik. Dat weer'n schöön Tiet, sä Thea, fein, ik heff ehr op den Film.

Mi full dat ool Woort in: Wär' nicht das Auge sonnenhaft, die Sonne könnt' es nie erblicken. Thea hett glückliche Ogen hatt.

Dörch en swatte Seel kann en de Sünn nich sehn. Desterwegen heet dat ok in dat ole Karkenleed: Die höchsten Güter sind unsere Gemüter. Dat hett ok Hermann Öhlerich to weten kregen. Vör dree Weken seet he noch bi uns an' Stammdisch to Kortenspelen, nu liggt he in't Krankenhuus, hett Krebs un is frisch opereert. Aver liekers de Dokter em seggt hett, de Schiet weer allens ruut, he kunn sik wedder to dat Leven freuen, Hermann leeg Dag för Dag, versack in de Düsternis un sä jümmer bloots, wenn wi em besochen: Ik heff dat Enn faat.

Man denn keem Brockbarthold. De stunn den enen Morgen bi Hermann an't Bett, sä, he weer för düsse Week sien Pleger, un sung miteens vergnöögt: Reise,

Reise aufstehen! Waschen! He weer bi de Mariners maal Oberbootsmann ween un swöög vun de Tiet. Hermann reet de Ogen op: Wat schall ik? kröchel he. Opstahn? Ik bün dootkrank!

Dat is vörbi, sä Brockbarthold, aver wuschen sünd Se noch nich. Un wi öövt hüüt dat richtige Waschen!

Un ehrer Hermann sik versehg, trock de anner em sachen hooch, sä: Been na Backbord! schoov Hermann sien Been över de Bettkant, leet ehr vörsichtig daal, un Hermann seet. Em stunn de Sweet op de Stiern. Mi warrt swiemelig, bibber he, halen Se fix de Waschschöttel! Man Brockbarthold sä heel nett: Waschen doot wi uns dor! un nück na de Wascheck. Wüllen Se mi um de Eck bringen! japp Hermann. Nee, sä Brockbarthold, ik bring Se na't Waschbecken. Geev nu Order: Langsame Fahrt voraus! un stüür Hermann, Pett för Pett, na den Stohl för't Waschbecken. Un wenn Hermann den Kopp daalsacken leet, denn reep Brockbarthold: Kopp hooch! Ogen op! Nich na ünnen kieken, jümmer den Horizont anpeilen, anners warrt wi düsig un loopt op Grund! So keem Hermann dat eerstmaal op de Fööt.

Un so gung dat nu Dag för Dag. Reise, Reise aufstehen! Lopen! Eerst in de Stuuv, denn langs den Fluur un nu al vör de Huusdöör. Un wenn Hermann dat Stöhnen anfangt, denn seggt Brockbarthold: Ah, nu man loos! Kopp hooch, Ogen op un jümmers na den

Horizont kieken. Dor wüllt wi hin! Un Hermann süüfzt: Vun wegen Horizont! Achtern Horizont liggt noch en un denn wedder en, ik kann nich mehr, wo lang schall ik denn noch lopen? Un Brockbarthold antert: Wi loopt so lang, bit Land in Sicht is. Un Land, dat liggt jümmer achtern Horizont.

Wat seggt mien ool Naver Schütt jümmer: Alleen in de Stuuv sitten, ut' Finster kieken un mit keeneen snacken, dat is nix för mi, ik mutt ünner Lüüd! Man Schütt geiht op de 75 to, sien Fruu is doot, un veel Frünnen hett he nich mehr. Desterwegen geiht de Ool jeden Dag sien Touren. Dor fangt he al fröh an Morgen mit an, denn hoolt he sik sien Zeitung vun Bartels an de Eck. Dat Abonnement, dat heff ik afbestellt, seggt he, mit en Abonnement kann ik nich snacken! Aver mit Bartels, mit Bartels kann he allerbest politiseren.

De neegst Tour is de na den Bäcker, denn ehrer de Bäckersfruu sien veer Rundstücken in de Tüüt hett, hebbt de beiden al gau maal de halve Straat dörchsnackt, dat Hansen en niege Hüft bruukt, tokamen Week schall dat loosgahn, un Bautz sik op sien olen

Daag noch scheden laten will. He schull sik man in' Spegel bekieken, seggt de Bäckersfruu, en frische kriggt he nich mehr.

De best Station aver op all sien Touren, dat is je doch Lübbe ween. Lübbe, sien Kontoföhrer bi de Spaarkass. Lübbe hett jümmer Tiet för'n lütten Snack hatt. Un wenn dor maal nix loos weer in' Kassenruum, denn hett de Ool mennigmaal to Lübbe seggt: Nehmt wi maal an, Herr Lübbe, ik harr teihndusend Mark över, woans schall ik de nu an besten anleggen? Un Lübbe hett denn antert: Tscha, sowat mutt en in Roh bedenken, laten Se uns man in de Eck vun de Anlageberatung sitten gahn. Un gelegentli hett Lübbe denn sogoor en Tass Kaffee bestellt. So hebbt se dor seten un hebbt över de Welt, de Ökonomie un Lübbe sien Goorn parleert, denn Lübbe is en groten Goorner. Wenn dat Winter worr, denn kemen se jümmer op den Gröhnkohl to snacken. Nu hett he den eersten Frost hatt, sä Lübbe denn, nu kööont wi op em daal. Un Schütt geev denn jümmer to bedenken: Aver nich ohn den Kloren. To Gröhnkohl höört dree Klore to: een vörweg, een in de Midd un een achterna. So is dat! hett Lübbe denn lacht.

Man nu is Lübbe weg. Vörruhestand. De Kass hett de Filiale dichtmaakt, se hett ehr Lüüd aftrocken un dor süß Geldautomaten för opstellt. Rationalisierung, hebbt se schreven.

Tscha, so geiht dat. Wat hett de anner maal seggt: De Minsch bruukt tominnst teihn soziale Kontakte an' Dag, anners warrt he brägenklöterig, deepsinnig un hett an' Enn keen Lust mehr to dat Leven? Wat nu aver en Automat to de sozialen Kontakte tohöört, dat kann en nich jüst seggen.

Stichworte, hett de Paster seggt, wat ik em nich en poor Stichworte opschrieven kunn. För sien Truerpredigt. Dor weer je anners nüms mehr, de wat vun Willy vertellen kunn. Sien Fruu doot, de Broder doot, Kinner hett he nich hatt, un de Rekter vun de School, wo Willy meist twintig Johr as Huusmeister arbeidt hett, de harr nich recht wat seggen kunnt, he weer jüst niet in't Amt kamen. Bi uns aver harr Willy je doch so wat as en Ehrenamt hatt, meen de Paster. Dat stimmt.

Willy weer Hölpsmann bi de AWO, bi de Arbeiterwohlfahrt. He hett jeden Dünnersdagnamiddag, wenn wi unsen Olenkaffee hebbt, den lütten Saal herricht, hett Dischen un Stöhl opstellt, is Marga Harms un Hilda Kühl in de Köök to Hand gahn. He sorg för Referenten un Vördräge, stell dat Rednerpult op, richt dat Mikrofon oder buu den Diaprojektor mit de

Leinwand op. Ole Lüüd mutt en in de Gangen holen, sä he jümmer. Un wenn wi na so'n Vördrag noch nich na Huus muchen, denn hett he uns mennigmaal wat op sien Harmonika vörspeelt oder hett mit uns sungen. Elies, de ool Klempner Elies, is bi so'n Singen un Musik jümmer foorts indruselt. Deit mi leed, hett he to Willy seggt, aver ik bün dat so gewohnt, bi Musik un Singen fallt mi de Ogen to. Wenn ik an Avend nich inslapen kann, denn maak ik dat Radio an, foorts sack ik weg.

De feinsten Namiddaag weern de, wenn Willy Bunten Namiddag ansett harr, jeden drüdden Dünnersdag. Denn muß jedereen wat to dat Programm bidrägen. Heinrich Maaß hett dat letztmaal vun ›Backen in alten Zeiten‹ vertellt, he is je sülm maal Bäcker ween. Jungclaußen hett ole Fotos vun uns Stadt sammelt, vun de hett he Dias maken laten un hett uns de Geschicht vun uns Kommüün verkloort. Maal, as he en oolt Bild vun den Stöfenhoff wiesen dee, de leeg dor, wo nu de Stadtpark is, do hett Hannes Meier miteens dat Singen anfungen, liesen natüürlich, aver wi kunnen dat liekers all hören, un Jungclaußen hett em anfohrt: Wat singst du, wenn ik hier vertell! Do hett Hannes seggt, he weer op den doren Stöfenhoff as junge Mann Lüttknecht ween, un dat Leed, dat weer em jüst bi dat Bild wedder infullen, dat harr he jümmer sungen, wenn he de Köh harr melken muß. Dat harr de Grootknecht em maal bibrocht hatt. Wat he dat nich maal vörsingen schull? Do hett he sungen: Kumm her, mien Oolsch, na Huus hin, de Sünn geiht ünner, de Köh sünd dick, hebbt Melk in' Titt, hallo, hallo, to Huus!

Dat hett Jungclaußen gellen laten, he hett dat mit de olen Tieden un de Volkskunde hatt. As he in't Pflegeheim muß, opletzt weer he nich mehr ganz richtig in' Kopp, do hett he de Swestern jümmer fraagt, wat al de drüdde Dünnersdag in de Maand weer, he wull na Willy, na den Namiddag mit dat Bunte Programm. Aver se hebbt em je nich rutlaten kunnt. Denn is he grandessig worrn un hett brüllt. Am enn mussen se em fastbinnen. He is denn ok bald storven.

Dr. Heinsohn höllt an den drüdden Namiddag jümmer en Vördrag över ›Gesundheit im Alter‹. He is je en ool Swienjack. Wenn jüm dat hier rieten deit, seggt he, un dor kniepen, wenn dat ünnen drüppelt, un de lütt Kolleeg mach ok nich mehr opstahn, reegt jüm sik nich op, so is dat nu maal in't Leven, löppt allens op den Verfall op ruut. Nu maak dat man nich so dull, hett Peter Mathias Nagel do maal schimpt, dat langt, wenn wi oolt warrt, den Verfall kannst' di sporen! Do hett de Dokter em angrient un hett seggt: Wenn du di jümmer fein plegen deist, Peter Mathias, denn kann dat glücken un ut dien Verfall warrt so wat as en blühenden Verfall. He mit sien ›blühenden Verfall‹, hett Hermann Schröder blangen mi gnurrt, kiek di sien Gesicht maal an, blauroot as en Aster, he blöht op'n Schlaganfall to. He schull man vun den Rootwien laten.

Vun allens dat hett de Paster nix vertellt. Fruu Heitmann hett blangen mi in de Kark seten un huult. Se kann nich begriepen, dat Willy doot is, ik 81, he 63, is dat nich schrecklich. Aver de Paster hett seggt: Rasch tritt der Tod den Menschen an, un mitten hier im Leben weern wi vun em umfangen. Willy is op den Weg na de Post umfullen un weer doot. Fruu Heitmann hett an em hungen. As dat mit de Bunten Namiddaag anfung un Willy denn jümmer ropen hett: Wokeen driggt noch wat vör? do hett se sik in de Eck verkropen hatt un hett wegkeken, wenn Willy ehr in't Viseer harr. Do hett he ehr maal fraagt, wat se nich ok wat bistüern kunn. Nee, hett se seggt, ik kann nix. Nix gifft dat nich, hett Willy antert, jichenswat kann jedereen. Do hett se uns schuu ankeken un hett liesen seggt, se wuß noch en Ballade ut ehr Schooltiet. Na denn man to! hebbt wi ropen. Un se hett ehr Ballade opseggt, mehr flustert as opseggt, aver allens butenkopps. Dat geev en groot Hallo, aver siet de Tiet hett se an jeden drüdden Dünnersdag ehr Ballade vördragen, aver jeedeenmaal en niege. Se hett ehren Spaaß an't Lehren funnen.

Mein Himmel, Trudchen, hett Maler Bastian na so'n Vördrag maal to ehr seggt, wo kannst du dat bloots allens beholen! Ik heff dat in't Book mitleest, dat weern foffteihn Strophen â veer Regen, dat sünd süßtig Regen! Un dat allens butenkopps! Is so wat mööglich?! Aver Trudchen hett lacht: Dat kannst du ok, Gustav, du mußt bloots jümmerto memoreren. Ik, wenn ik to Stadt loop, ik segg mi Balladen op. De Rhythmus vun de Versen geiht mi richtig in de Been. Denn loop ik as en Jambus. As wat? hett Bastian ehr ankeken. As en Jambus. Dat is en Versmaß, Gustav. Un denn trummel se Gustav Bastian den Jambus op den Disch: da damm, da damm. So wat heet Jambus, Gustav. Kannst du em ruthören: Jung Siegfried war ein stolzer Knab, stieg von des Vaters Burg herab.

Imposant, hett Bastian ehr anstaunt. Höört sik meist so an as mien linket Been, dat mit de Prothese, mit dat pett ik jümmer en beten duller to. Sodennig heff ik also en Jambusbeen. Trudchen, du imponeerst mi.

Hermann Schröder hett neuß in de Köök to Hilda Kühl seggt, dat mit Fruu Heitmann un ehr Brabbeln vun Balladen langs de Straten, dat weer nu wull doch al so wat as de Verfall. Aver Hilda hett em anblafft: Lever mit Balladen in' Kopp langs de Straten brabbeln as mit nix in' Kopp vör't Beerglas huken. Meenst du mi? hett Hermann ehr angluupscht. Na, denn hest du je doch noch wat in' Kopp, wenn du dat mitkregen hest, hett Hilda lacht.

Hilda is jümmer so'n beten liekto. Dat hett maal'n Tiet geven, do harr se dat op Willy afsehn, as de Wittmann worrn weer, un hett em in de Köök bi't Kaffeekaken anstött: Na, Willy, wo weer't, wullt du nich maal bi mi to Kaffee un Koken kamen, op't Sofa sitten, klöhnen un et cetera...? Un hett em toplinkt. Aver Willy hett meent: Nee, mien Hilda, laat dat man hier bi unsen ehrenamtlichen Kaffee blieven. Ik dank di aver. Goot, hett Hilda seggt, ehrenamtlich will ik di ok nich op mien Sofa sitten hebben.

Mein Zeit, Hilda, hett Marga Harms naher to ehr seggt, du bringst mi je ganz dörch'n Tütel, ik tell de Kaffeeportschoons af, un du geihst op Willy daal. Ut de Hitten sünd wi doch ruut.

Vör en paar Johren allerdings do hett ok Marga noch anners snackt. Dat weer de Tiet, wo se sik in den olen Hanno Gerdes verkeken harr. Hanno is maal Uhrmaker ween un sä den enen Dag to Willy: Ik glööv, Marga Harms hett en Oog op mi smeten. Un schall ik di maal wat seggen, ik heff jümmer dacht, düsse Klock weer bi mi al lang aflopen, ik glööv aver meist, se fangt ganz sachen dat Ticken wedder an.

Siet de Tiet seet Marga, wenn se mit Kaffeeinschenken un Kokenverdelen ferdig weer, jümmer blangen Hanno. An de annern Dagen hebbt se sik besöcht, maal hett se bi em inkeken, maal he bi ehr. Aver länger as een, twee Stunnen kunn Hanno dat meist nich utholen. Se will mi betütern, sä he maal to Willy, se is de Menen, mien Blomen staht verkehrt, de Gardienen mööt wuschen warrn, un de Köök hett den Maler nödig. Aver mien Blomen staht goot, de Gardienen stöört mi nich, un ik sitt nich in de Köök.

Den enen Dag muß Hanno för'n paar Daag in't Krankenhuus. Do hett Marga sien Wahnung versorgt, hett de Blomen gaten, de Gardienen wuschen. De Köök hett se nich anfaat, kunn se je ok nich, aver as se nu in de Wahnstuuv in Hanno sien olen Ohrensessel sitten geiht, do versackt se in dat Ding so deep, dat se röppt: Gottsverdori, de höört je doch renoveert! Un will Hanno en Freud maken un lett den Ohrensessel oppulstern.

Man as Hanno nu na Huus kummt un will sik in sien roden Ohrensessel fallen laten, do geiht dat nich, do feddert he meisto wedder hooch. Wat is denn dat? denkt he, bekickt sik den Sessel, beföhlt em, treckt sik sien Mantel an un löppt stantepee na Marga. De maakt de Döör op, freut sik, wat he to ehr kummt, aver he fohrt ehr an: Hest du di an mien Sessel vergrepen? Un as se nückt, do schafutert he: Wat fallt di in un geihst an mien Saken! Du hest em mi utschännt! Ik heff mit di nix mehr to kriegen! Dreiht sik um un geiht na Huus.

Dat hett sik natüürlich foorts bi uns rumsnackt. Marga sehg ut, as wenn se jümmer dicht vör't Hulen weer, un Hanno vertell jümmerloos vun sien roden Sessel, de nu utschännt un nich mehr to bruken weer. Ik harr dor so'n schöön deep Kuhl rinseten, sä he, in de bün ik jümmer foorts rinrutscht, seet fast un kommodig. Un nu? Hoochpulstert! Gewölbt! Ik rutsch na all Sieden daal. Is je unerhöört, is dat!

Do hebbt Willy un Bastian sik den Sessel herkregen, hebbt em wedder opmaakt un hebbt dor so lang an rumfummelt, bit Hanno sien ool Kuhl wedder harr. As Marga dat to hören kreeg, hett se to Hanno seggt: Wenn di mehr an de Kuhl as an mi liggt, dennso heff ik an di ok nix verloren. Denn huuk nu man alleen in dien Kuhl! Aver he hett bloots gnurrt: Beter alleen in de Kuhl, aver gemütlich, as to tweet gewölbt un ungemütlich!

Een vun Willy sien Spezialitäten weer dat Sammeln vun Priesutschrievens. Wo jümmer he so'n Ding funn, he broch dat mit. Nu lööst dat man schöön, hett he seggt, denn köönt jüm ok op Post töven. Amenn is dor sogoor en Pries bi över. Un hett ok af un an klappt. Elies hett en Funkwecker wunnen, Ella Kröger en Steppdeek. Dat gröttst Spektakel aver hett dat geven, do harr Anneliese Glöh en Reis na Bangkok wunnen. För twee Personen. So'n Juchei as an den Dünnersdag hebbt wi lang nich hatt. Anneliese hett Sekt spendeert. Un is ok wohrhaftig na Bangkok flogen, mit Hertha Ibs ut ehr Naverschop, denn ehr Mann wull nich mit. Wat schall ik in Bangkok, hett he seggt, dor kriggt en je doch keen Kantüffeln op'n Teller to eten! Un wenn ik keen Kantüffeln krieg, warr ik nörgelig. Denn bliffst du to Huus, hett Anneliese seggt, ik loop doch nich mit di dörch de Pagoden, un du kickst na Kantüffeln ut!

Un nu is Willy doot. De Paster hett vun unsen Herrgott snackt. Dat höört sik ok so. Denn hett he vun Willy vertellt, wo oolt he worrn is; vun sien Fruu, de weer em je al vörutgahn; wo truu Willy as Huusmeister sien Arbeit maakt harr; dat Willy blangenbi en Ehrenamt bi de AWO harr, dor harr he ok sien Ökelnaam kregen: Willy Wohlfahrt. Un vertell nu noch en paar Stücken vun Willy, dat he uns de Dischen un Stöhl jümmer fein opstellt harr un Musik op de Harmonika spelen kunn, un wi mit em sungen hebbt. Nu aver harr uns Herrgott Willy to sik ropen, un he, de Paster, worr Willy sien Seel de Gnaad vun unsen Herrgott anbefehlen. Denn hett de Orgel speelt, wi hebbt sungen, un de ool Elies is indruselt. Wokeen schall uns nu an de Dünnersdaag bistahn?

Sporen

Krapp schall in't Olenhuus. De neegst Week kaamt sien Kinner, wüllt em hölpen, packen. Dor sitt he nu de letzten Daag in sien Huus, wannert vun de een Stuuv na de anner, kleddert op den Böön, stiggt in' Keller daal, studeert de Etiketten vun dat Inmaakte, Arfen, Woddeln, Bohnen, de sünd noch vun sien Fruu, de is aver al doot; grabbelt op den Böön in ole Kistens un Kastens, treckt dat Speeltüüch vun sien Kinner an't Licht, en Isenbahn, de Kasperbood, packt dat wedder weg; geiht in de Köök, socht in de Schuven vun' Kökenschrank, findt en Stück witte Kridd, wannert dörch Slaapkamer, Wahnstuuv, sien lütt Eckkamer, wo sien Sofa steiht un de Sekretär, hier slöppt he middags en halve Stunn, is an't Överleggen, wat för Möbelstücken dat Krüüz hebben schüllt, de will he mitnehmen, de annern mutt he trüchlaten, soveel Platz is dor nich för em in't Olenhuus, een Stuuv, een Slaapkamer, een Kökeneck; aver dat Eten schall dat je ok in den groten Saal geven. Süht op den Disch den Plaan vun de niege Wahnung, to lütt för ole Möbel, sett sik in sien Sessel, leggt de Kridd weg un denkt: Ik bliev hier.

Kickt sik um, op Disch un Footborn ole Breven, Fotos; bekickt de Biller, süht sik den jungen Mann an, wokeen is dat, weet, he is dat un kann nix mehr mit em anfangen. Un denkt, woveel Levens hett de Minsch, un wo mennigmaal is he al storven?

Süht de Kridd op den Disch leggen, fangt wedder dat Wannern an, maakt hier en Krüüz un dor en, geiht na de Köök, socht en Wischdook un wischt de Krüzen weg, de Schrank un dat Buffet, se sünd to groot. Dat weer maal de Utstüür. Un binnen dat Buffet dat Geschirr. Maria Weiß. Süßteihn Dele vun jeedeen Tass, Teller, sülm vun de Eierbekers. Soveel Besöök kriggt he nich mehr. He schufft de Dören vun dat Buffet to, sitt wedder op dat Sofa, kriggt sik een vun de Fotoalben her, Reisen, Gran Canaria, Mallorca, Dänemark.

Dänemark? He kickt op dat Datum achter dat Foto. Dree Maand vör de Heiraat. Lisa. Lisa in Grenen, achter ehr kabbelt sik de Wellen vun Nord- un Ostsee. Un se seggt, he schall sik den Vullboort wegmaken, se will em, ehrer se em heiraden deit, in natura sehn. Ik kenn dien Gesicht je gor nich, lacht se, wat weet ik, wat ünner de Hoor sitt. Un Krapp protesteert: Ik drööm mi mit Boort! Wo kannst du so wat verlangen ween! Aver se antert: Sühst du mi nakelt, will ik ok di nakelt sehn.

He löppt den Strand lang, denkt: Is dat reell? Landt in' Kroog, Beer um Beer, bit de Kellner seggt: Dat langt. Wat he Kummer hett? Heff ik, antert Krapp un vertellt vun Lisa. Do stellt de Kellner em en dubbelten Kloren op den Disch: Von mir. För den letzten Kick! Krapp düselt na'n Putzbüdel, wiest op sien Boort un murmelt: Allens weg! As allens weg is, kickt he in' Spegel un kennt sik nich.

Kahl un dösig kummt he bi Lisa, treckt ehr in't Bett, un se lacht: Du büst mi so frömd mit dat Gesicht. Ik mi ok, lallt he. Den annern Morgen seggt he to Lisa, he will sik den Boort wedder wassen laten. Un as se wat antern will, seggt he: Nakelt un nakelt is en Ünnerscheed. Dree Maand later mööt se heiraten.

Krapp sleit dat Album to, raakt sik dat neegst her, Hochtiet, he mit Lisa vör de Karkendöör, ehr Öllern, sien Öllern, Lisa ehr Swester Elsa. He nimmt de Luup, studeert Lisa ehren Buuk, vun dat Kind is noch nix to sehn ween, bekickt sik den Brüdigam, de is negenteihn un singt an' Pulteravend jümmerloos ›Ich möchte noch mal zwanzig sein und so verliebt wie damals‹. Rudi Jens, de Kröger vun dat Lokal, wo se fiert, will sik weglachen: Is negenteihn, röppt he, un will twintig ween! Loos, Krapp, noch maal, ik spendeer en Runn! Aver Lisa schafutert: Wenn du morgen fröh besapen büst, denn kannst du alleen na de Kark lopen. Ik heiraat keen Süper! Den annern

Morgen staht se vör'n Paster. Un wat Krapp nu bloots mööd is oder ok andächtig, de Paster gifft ehr dat Teken, se schüllt op de Kneen daalgahn, he will ehr den Segen geven, un as se dor nu kneet, do maakt Krapp de Ogen to un vergitt, wat de Paster mit ehr afmaakt hett, he will mit den lütten Finger dat Teken geven, wenn se wedder hoochkamen schüllt. So huukt he dor, de Ogen fast to; Lisa blangen em, se kickt op den Paster sien Schöh, de Snöörsenkel vun den linken Stevel is nich fastbunnen, wo licht kann en över so wat in't Fallen kamen; se will al tolangen un em fastknütten, betähmt sik aver un wunnert sik, wo lang so'n Segen duurt, un weet nich, den Paster löppt de Sweet den Rüch daal, he is al lang vun den lütten Finger op de ganze Hand övergahn. Un in de Kark kriegt se dat bilüttens ok mit, de jungen Lüüd sünd je wull inslapen. Do röppt Krapp sien Mudder, luud noog, dat kann en bit na de Orgel rop hören: Krapp, opstahn! Un he schütt in' Dutt, den Toon kennt he; wenn he an' Morgen den Wecker överhöört hett un sien Mudder argerli in sien Slaapkamer störmt un röppt: Opstahn! De Arbeid töövt! Krapp springt hooch, as schall he to Arbeid gahn, un is verheiraadt.

Blangen Lisa steiht ehr Mudder. Lerrige Ogen, smalle Lippen. Se hett ehr Dochder en Adress geven, aver Lisa hett ›nee‹ seggt. De ool Krapp kummt hooch, socht mank sien Papiern, lett sik mit en Kuvert wedder in't Sofa fallen, maakt dat Kuvert op, treckt en Bünnel mit Zeddels ruut, puult den roden Bindfaden op, de ehr höllt, nimmt de lütten Blöder, leest: Für Lisa von Mutti. Domals is Lisa veer, fief Johr oolt; leest: Beim Essen nicht schwatzen! Alles aufessen, auch die Äpfel! Nicht über den Onkel laufen! Die Spielsachen besser halten! Immer tun, was Mutti sagt! Befolgst du dies nicht, dann muß ich es dem Weihnachtsmann sagen! Laterhin mutt Lisa de Zeddels sülm schrieven:

Liebe Mutti, ich bringe Dir
meinen schönsten Glückwunsch hier.
Will Dich immer herzlich lieben,
hab' dieses Verslein selbst geschrieben.

Aver den Text hett de Mudder opsett. Krapp stickt de Zeddels wedder in dat Kuvert, langt na dat Foto vun de Hochtiet, kickt op de junge Fruu, de maal sien Fruu ween is. Hett veel Larm un Striet geven, se is de Mudder dat Leven lang nich loos worrn, seet vull vun Wedderwöör, dor kunn he nich vun leven, hett sik jümmer maal en Fruu blangenbi socht. Dat hett em leed doon, denn he much Lisa lieden.

Lisa is mit 67 storven. Liggt an' Morgen in ehr Bett un is doot, hett nix hatt, keen Krankheit un nix, is eenfach so gahn. Herzversagen, seggt de Dokter to Krapp. Un Krapp röppt sien olen Schoolkamerad an, Willem Stührk, Spedition und Bestattungen: Du mußt Lisa holen. Sett sik to Lisa an't Bett un töövt.

Kickt ehr an, wo se dor liggt, so sachen hett se lang nich utsehn. Denn is Willem Stührk ok al dor un seggt, Krapp schall nu man ut de Kamer gahn. Willem leggt Lisa in en wullen Deek, nimmt de veer Ennen vun de Deek in sien grote Fuust un driggt Lisa as en lütt Bünnel de Trepp daal. Krapp steiht in' Fluur, süht Lisa ehr Hand, de hangt ut de Deek, Willem nückt em to, treckt de Huusdöör achter sik to, Krapp steiht dor, seggt: Se is weg. Un weent.

He kummt vun't Sofa hooch, geiht ut' Huus, slarrt övern Hoff na sien Warkstääd röver, slütt de Döör op, geiht rin, rüükt den Liem, dat Holt, fohrt mit de Hand över de Brööd, de sünd nableven, löhnt an de Wand, blifft vör den Sarg in de Eck stahn, de letzt, den he dischert hett, lang her, de schull maal sien warrn, he kann em aver je nich mitnehmen. Fohrt mit de Hand över den Deckel, treckt en Spoor dörch den Stoff, dreeviddel vun sien Leven hett he hier leevt. Eerstan mit sien Vadder, de weer ok al Möbel- un Sargdischer, Jakob Krapp. Jakob mit den scheven Kopp hebbt se em nöömt. As he op de Welt kamen schull, hett he wull nich recht wullt, 48 Stunnen hett sien Mudder preßt un stöhnt, denn full se in Amidaam, un de Dokter muß em mit de Tang ruuttrekken, de is em aver afrutscht un hett Jakob den Hals tweiknepen. So worr he Jakob mit den scheven Kopp. Wenn he en frischen Sarg dischern muß, hett he mit de Doden snackt. He hett ehr je all kennt. Nu geihst du hin, wo du herkamen büst, in dat Nix un Narms. Un jümmer wedder brummel he Versen vör sik hin, de hett he maal in't Blatt leest, utsneden un an de Wand över sien Warkbank backt:

Empfangen und genähret
Vom Weibe wunderbar
Kömmt er und sieht und höret,
Und nimmt des Trugs nicht wahr;
Gelüstet und begehret,
Und bringt sein Tränlein dar;
Verachtet, und verehret;
Hat Freude und Gefahr;
Glaubt, zweifelt, wähnt und lehret,
Hält nichts und alles wahr;
Erbauet, und zerstöret;
Und quält sich immerdar;
Schläft, wachet, wächst, und zehret;
Trägt braun und graues Haar etc.
Und alles dieses währet,
Wenn's hoch kommt, achtzig Jahr.
Denn legt er sich zu seinen Vätern nieder,
Und er kömmt nimmer wieder.

So is dat, hett Jakob seggt. As he sülm dootblieven schull, hett he fastsett, he wull verbrennt warrn. Tonagelt in' Düstern leggen, dor worr em vör grugen. Nu will ik flegen, hett he seggt.

Na Jakob sien Dood nimmt Krapp dat Geschäft in de Hand, dat duurt aver nich mehr lang, do kaamt Möbels un Sargen ut de Fabriken, un he mutt tomaken. Warrt Handwarker in't Kreiskrankenhuus. Steiht nu dor in sien ool Warkstääd, rüükt dat Holt, süht den lütten Zeddel vun sien Vadder dor jümmer noch an de Wand backen, bruun un geel vun de Johren, geiht na de Döör, slütt de Warkstääd to, un wannert wedder dörch sien Stuven. Dag för Dag. Süht de Kridd op den Disch, nimmt ehr, wat kummt mit, wat blifft trüch, weet dat nich, leggt sik op dat Sofa, för wat noch Krüzen malen, un slöppt in.

Vergangen Week sünd sien Kinner kamen, hebbt packt, Krüzen maakt un hebbt den olen Krapp in dat Seniorenheim brocht.

Nu de Daag düster warrt, denk ik mennigmaal an den olen Buur Wichmann. Bi em kunn en tokieken, wo he langsaam ut de Welt gung. So lang as ik mi besinnen kann, hett he mit sien Tiern snackt un hett ehr all mit Naam kennt. Na, mien Liese, hett he to de Köh seggt, un du, mien Alma. Sülm sien Schaap hett he kennt. Wo kann dat angahn, heff ik maal fraagt, dat du ehr uteneen holen kannst? Ja, se hebbt all ehr egen Gesicht, sä he. Mussen se to School gahn, ik kunn di dat nu al seggen, dat dor warrt maal dat Abitur maken, dat anner dor de Realschool, dat dor achtern aver, dat is to dumm för all Scholen, dat Schaap is so dusselig, wenn't regen deit, un de Gröven sünd vull vun Water, dat fallt dor rin! Wenn ik nich oppassen do, suppt dat af, denn so'n Schaap, sä he, dat suppt vun achtern af, dat kummt nich wedder hooch. Man as Wichmann öller worr un öller, do hett he dat Snacken mit de Tiern instellt. He hett jümmer noch vör ehr stahn, hett ehr bekeken, aver snackt hett he nich mehr. Nanu, heff ik fraagt, keen Woort mehr över för de Köh? För Liese, Alma un Helene?

Tscha, ik weet nich, hett he antert, wenn ik ehr so ankiek, se sünd doch all liek, sünd Köh, Johr um Johr Köh, jümmer wedder bloots Köh...

De Ewigkeit un dat ewige Leven dat sünd twee Paar Stevel. Harr Willy Borwiek dat wußt, harr he nich so trurig vun de Welt gahn muß. Aver siet dat he den Mann ut Amerika in't Fernsehn höört harr, siet de Tiet hett Willy mit de Ewigkeit nix mehr in' Sinn hatt, denn de Mann harr vertellt, woans en ewig leven kunn. In Amerika, so sä he, worrn sik Lüüd foorts na ehren Dood infreren laten. Un de Dokters schüllt ehr eerst wedder opdauen, wenn se all Krankheiten kureren köönt. Denn kann en mit dat Leven vun frischen anfangen. Aver wenn de Lief doch maal opbruukt is, denn mutt en dor bloots een Zell vun nehmen un vun de en Kultur anleggen. In so'n Zell stickt je de Buuplaan vun den helen Minschen, un sodennig warrt ut de Kultur desülvige Minsch, de he maal ween is.

Stellt jüm sik sowat maal vör, hett Willy an' Stammdisch ropen, en kann nich mehr dootblieven! Willi de Eerst, de Tweet, de Drüdde! Un jümmer so wieder! 100, 200, 300 Johr!

Aver Hein Matzen hett meent: Willy, so as du Skaat speelst, wenn dat in dien Zellen verankert is, denn warrt dor ok in tweehunnert Johren noch nix vun. Ööv man lever un speel ut.

Doch Willy hett dor nich över lachen much. Vun düssen Dag an leet he vun dat ewige Leven nich mehr af. He studeer Böker, un as he lees, je beter de Tostand vun den Lief, je grötter de Chancen för't Infreren un Opdauen, do fung he dat Joggen an, besoch tweemaal de Week en Fitneßstudio un gung jeedeen Morgen in sien Goarn to Hüppen, Grätschen un wat dat noch an Torturen gifft. Sien Naversch, Hilde Möller, de hett maal vertellt, meistto nakelt worr Willy dor in de Gangen ween. Bloots mit en lütte Turnbüx an, hett se seggt, geel, mit Schmetterlinge as Motiv opdruckt. Is je lachhaft!

So lepen de Johren. Gelegentli keem he noch an unsen Stammdisch, speel ok maal ’n Runn Skaat mit. Man as he den enen Avend wedder vun dat ewige Leven anfung, do hett Korl Denker meent: Willy, wenn du dor so fast an glöven deist, kann dat angahn, du hest för dat ewige Leven de verkehrt Turnbüx an?

Woso dat? hett Willy em verbaast ankeken.

Na ja, hett Korl antert, soveel as ik weet, de Falter is de letzt in de Reeg: Raupe, Puppe, Falter. Un is he eerst op de Welt, de Falter, denn blifft he ok doot.

Do is Willy opstahn, is ut de Döör un nie nich wedderkamen. Mit 73 Johr is he storven, doottrurig, wat he sik nich hett infreren laten kunnt. Liggt in de Kuhl, verfallt to Stoff un mutt sik mit de Ewigkeit tofreden geven.

Ik harr Walter Johannsen de Blööm geern op sien Graff leggt hatt, aver ik kunn dat nich finnen, se hebbt em anonym beerdigt. Nu stah ik dor mit den Struuß, un miteens fallt mi Raffael wedder in. Dat weer in Rom, vergangen Johr, in dat Pantheon, dor liggt he graven, mank de tweet un drüdd Nische linker Hand, he, de grote Maler. Un as ik dor so stunn un de lütt Tafel studeer, wo sien Naam opsteiht mit de Daten 1483 bit 1520, do sehg ik den lütten Blomenstruuß. De liggt dor an de Eer in Raffael sien Nische, un mank de Blöder stickt en Zeddel: Gracias, Raffael, för de Biller! Meist fiefhunnert Johr na sien Doot kummt dor en, weet, wo Raffael leggen deit, un bringt em Blomen.

Un ik stah hier in de Küll, bün de Wegen vun den lütten Karkhoff op un daal lopen un heff Walter Johannsen socht, mien olen Kollegen, wull noch maal twee Regen mit em snacken, heff dat je eerst ehrgüstern to weten kregen, dat he vergangen Week storven is. Wiß, ik kann ok so an Walter denken; aver dat harr de Mann oder de Fruu in Rom mit Raffael ok kunnt, harr sik vör een vun Raffael sien Biller stellen, an em denken un ›danke‹ seggen kunnt. Aver Blomen harrn se em nich mitbringen kunnt in't Museum, de harrn de Wärters ehr afnahmen.

Wo bliev ik nu mit den lütten Struuß för Walter? Ik gah na den Utgang, lees de Naams op de Graffsteens. Bliev stahn: Alma Söhl. Ik kenn ehr nich, weet nich, wat se för en ween is. Aver weet tominnst, ehr hett dat maal geven, dor steiht ehr Naam. – Aver anonyme Urnenbestattung? Is de Naam eerst weg, verlüst sik ok bald de Spoor, denn anonym heet namenlos.

Stadtcafé

Nu sitt ik hier dat letztmaal in uns ool Stadtcafé. ›Heute von 17 bis 18 Uhr frei Kaffee und Kuchen solange der Vorrat reicht. Wir schließen.‹ So hett Hans Otto dat in't Blatt setten laten. Em höört dat Café to. He wull sien Huus noch eenmaal vull hebben, all Dischen besett, so as in fröher Johren. Man kamen sünd an düssen letzten Dag ok man bloots de paar olen Kunnen, de anners ok kamen sünd, Frieda Bielenberg mit ehren Club, en poor ole Fruuns; an't Finster Heinrich Kröger; siet dat sien Fruu storven is, fallt em to Huus de Deek op'n Kopp, sitt nu dor un kickt ut' Finster, snackt en poor Regen mit Hans Otto, de hett nich veel um de Hand un is froh, wenn de Stunnen vergaht.

Jünger Lüüd kaamt al lang nich mehr, de huukt op de anner Siet vun de Straat in Marco sien Iscafé oder in een vun de Caféterias un Bistros. Gegen ehr is Hans Otto mit sien Plüüsch- un Plantencafé nich gegen ankamen. Wull he ok nich. He mit sien olen Mahagonisofas mit den roden Samt, mit de Azaleen un Alpenveilchen in de Finsters, in' Sommer Kakteen, mit dat groot Aquarium, blangen dat fröher Fritz Mathiessen sien' Stammplatz harr. Kann ik stunnenlang tokieken, sä he jümmer, wo de Fisch dor swimmen doot. Un weeßt du, wat dat best an ehr is? Se hoolt de Snuut. Ik kann de Sabbelee nich mehr af. Fritz weer Frisöör.

Op düsse Sofas hebbt uns Öllern un Vöröllern seten, an düsse Dischen hebbt se ehr Geburdsdagen fiert, hebbt den Truurkaffee drunken, Bridge speelt. Hier harrn de Richters un Lehrers ehren Stammdisch. Un in dat Chambre séparée mit de Samtportiere un den Klingelknoop för Bedenung worr Politik maakt; achter de Portiere hett so mennigeen Ehe anfungen un is so mennigeen Ehe in de Grütt gahn.

So as de vun Hella Mahn. As de dor achter keem, dat ehr Mann Martin mit Wilma Mohr achter de Portiere seten harr un denn mit Wilma na ehr Wahnung in de Österstraat gahn weer, do hett se seggt, ik laat mi scheden, wenn du nich de Finger vun ehr lettst. Aver Martin kunn vun Wilma nich afkamen. Johr um Johr nich. Hella hett an em hungen, is bleven un dor krank vun worrn. Den enen Dag blifft ehr dat Hart stahn, is noch keen süßtig un is miteens doot. Un as se dor nu in de Kapell liggt, un de Paster is ferdig mit sien lütt Predigt, un wi denkt, nu kaamt de Drägers, hievt den

Sarg op de Koor un schuuvt em ruut, do steiht Martin op, geiht na vörn, wo de Sarg steiht, söcht wat achter de Lorbeerbööm, kummt wedder vör un hett en Fleut in de Hand. Nanu, denkt wi, wat will he denn mit de Fleut? Do stellt he sik blangen den Sarg op, nückt den Paster to, verböögt sik na Hella un fangt dat Fleuten an, Bach, so wat kann he, he is je de Musiklehrer an uns Gymnasium. Steiht dor un speelt. Zum Abschied, hett he neuß seggt. Hella harr düt Stück jümmer so geern lieden much. Hans Otto, de blangen mi in de Bank huukt, süüfzt: Wo nimmt he dor de Luft för her?

Un as wi denn in't Stadtcafé to Truuerkaffee sitt un Hans Otto kummt an unsen Disch un gifft en Runn ut, dat deiht he jümmer, wenn he den Doden goot kennt hett, un seggt: Drinkt noch maal op Hella! do hebbt all Gäst en Glas in de Hand, bloots Martin nich, de hett keen afkregen. He kickt Hans Otto an, as will he fragen: Wat is? Krieg ik keen Glas? Aver Hans Otto schüttkoppt liesen. Do hebbt wi ahn Martin op Hella drunken, un Martin is opstahn un na de Österstraat gahn.

Ik kiek Hans Otto to, wo he dor an sien letzten Dag dörch dat Café slarrt, Fruu Bielenberg Kakao bringt un Heinrich dat drütt Glas Beer. Wullt du en Cognac? kummt he an mien' Disch. Ik nück. He schenkt in. Sett di, segg ik. He sett sik, kickt sik um un meent: Hier weer dat al maal vuller. Wat worr mien Vadder seggen, dat ik den Kraam nu verkofft heff. He harr dat nich so wiet kamen laten. He harr wat, wat ik nich heff. Un Hans Otto vertell noch eenmaal de Geschicht vun de Höhner.

Dat weer in de letzten Weken vun' Krieg ween, do harr sien Vadder seggt: Wenn dat so wieder geiht, denn kann ik uns Gäst meist nix mehr anbeden, keen lütt Fröhstück, keen Koken, keen Kaffee, keen Nix, aver vunmorgen mööt wi wat anbeden, hüüt morgen kummt Robert Lohse mit sien Lüüd, Einsatzbesprechung för den Volkssturm, un Robert, wenn de nix op den Teller hett, denn süht he dat as Wehrkraftzersetzung an.

Do weer Hermann na sien Höhnerstall gahn, harr sik en Hehn grepen, un as he nu dat Hehn mit'n Biel den Kopp afhaut un lett dat loos, do flüggt dat as wild ahn Kopp merrn in dat Café rin un fallt Robert Lohse doot vör de Fööt, de hett dor je al seten hatt. Robert verjaagt sik för dull un brüllt, wat Hermann infallt, man Hermann hett bloots antert: Robert, so müssen alle Feinde Deutschlands fallen. Heil Hitler! Dat Hehn is för di un dien Lüüd, blievt man hier to Middag. Dat hett en groot Hallo geven, un Robert hett Hermann op de Schullern kloppt un hett seggt: Durchhalten ist alles! Un hett sik denn de Höhnersupp goot smecken laten.

Hans Otto aver, de weer do je noch en lütten Jung, de hett dorbi stahn un hett spiegen muß, as he dat Hehn ahn Kopp in't Café flattern süht, un dat Bloot sprütt över Teppich un Wannen. Do is he in de Nacht hingahn, hett de Höhnerstalldöör na 'n Goorn opmaakt un hett de Höhner vun ehr Wiemen schuucht, se schullen nich för Robert Lohse un sien Volkssturm ehr Köpp verleren. Man as he den annern Morgen ut' Finster kickt, he will sehn, wat de Höhner ok weg sünd, do sitt de in de Appelbööm, huukt dor un gluckt liesen vör sik hin. Do hett Hans Otto dacht: Sülm schuld.

As de Krieg toenn weer, worr dat Stadtcafé Tauschzentrale. Vun wat schall ik en Café lopen laten, hett Hermann seggt, Kaffee gifft dat nich, Koken kann ik knapp backen, de Köhlen sünd all. Hölpt allens nix, wi gaht mit de Tiet, Tauschzentrale.

Aver as nu de Lüüd kemen, brochen, wat se nich nödig harrn, un sochen, wat ehr afgung, un wo se dor söökt un in' Snack kaamt, do sett Hermann doch al maal wedder en Putt mit Muckefuck op den Disch, maakt Teewater hitt oder hoolt en Buddel mit Rövensnaps ünnern Thresen vör un schenkt ut. So worr ut de Tauschzentrale dat Café Tuusch. Un as de Winter keem un dat koolt worr, do brochen de Lüüd ok al maal en Brikett mit oder en Tüüt mit Köhlen. Dat langt för'n Kaffee un en Stück Puffer, hett Hermann lacht, wat doröver rutgeiht, mööt jüm betahlen. Geld harrn se je noog, de Lüüd.

Denn aver keem de Dag, wo Hermann reep: Ik maak mien ool Stadtcafé wedder op! Do harr he de ›Zeitenwende‹ beleevt, as he later vertellt hett. Un de harr Magda Meier inlüüdt. Mit en Knall!

Magda harr bi em in't Café Tuusch jüst so schöön dat Schimpen anfungen hatt, ah, nee, Hermann, harr se seggt, wat sünd dat doch för Tieden, nix to bieten, nix to böten un dat Huus vull vun Flüchtlinge, nee, wat för'n Welt ok doch! Do weer Albrecht Leinemann, de harr achter ehr stahn un harr allens mit anhöört, do weer de an Magda vörbi gahn un harr liesen zischt: Bi Adolf gung di dat beter, aver vun em wullst du je nix weten, schaad di nu gor nix! Do hett Magda em links un rechts en an't Muul geven un hett seggt: Den Backs links för hüüt un den annern för de anner Geschicht, de weeßt du je wull noch! Albrecht weer so verdattert, hett bloots mummelt, deit mi leed, un is gahn.

De anner Geschicht hebbt wi all kennt. Dat weer vergangen Johr. To de Tiet weer Albrecht noch Ortsgruppenleiter vun de NSDAP, so as in all de dusend Johren, he is en vun de fröhen ween, un hett sik dor fix wat op inbildt. Wenn Ortsparteidag weer, denn muß Peter Pien vun't Holsteensche Huus de Stöhl in'

Saal so opstellen, dat Albrecht en breden Middelgang för sien Optritt harr. He marscheer mit sien beiden Stellvertreters den Gang hooch na de Bühne, wo dat Rednerpult mit de Hakenkrüüzfahn stunn, smeet sien lütten Been in de Langschäfters vörruut, knall mit de Hacken op dat Parkett, Peter Pien hett, as he sä, naher de Bulen in't Holt föhlen kunnt. Albrecht aver reck den rechten Arm ruut, so as he dat vun den Föhrer in de Wochenschau sehn harr, harr de linke Hand mit den Dumen in dat Koppel henkelt, en Koppel, wat knapp um Albrecht rum lang, denn Albrecht weer kort un rund un muß ünner dat brune Hemd Büxendrägers versteken, wenn em de Büx bi dat Marscheren un Hackenknallen nich vun' Buuk rutschen schull. Veel Lüüd hebbt dorum ok jümmer grient, wenn Albrecht de linke Hand mit ehren Dumen in dat Koppel inhaak. Dat is vunwegen sien Büx, hebbt se flustert, he höllt ehr fast, för den Fall, de Drägers schullen maal rieten.

En harr lachen much, wenn't nich um dat Leven gahn weer, denn Lachen kunn Albrecht nich lieden. He kunn foorts argdenkern warrn, wenn he dat Geföhl harr, dor worr över em snackt. Denn leet he den Föhrer opmarscheren, he un de Föhrer, se weern en för den annern dor, un nüms hett wat gegen Albrecht, den Dumen un de Büx seggt, denn de Büx weer je nu ok den Föhrer sien Büx, un de Dumen höör den Föhrer to. De Stadt hett dat Muul holen.

Bloots Magda Meier, de hett den enen Dag ehren Babbel nich holen kunnt. In de Kamer över ehr Slaapstuuv huuk de ool Engler, de weer Bäcker in Elbing ween, seet dor nu as Flüchtling, mudderseelenalleen, sien Fruu weer doot, gung de frömden Straten langs, harr keen Naam, hett för de Lüüd in de Stadt bloots ›Magda Meier ehren Flüchtling‹ heten, so as de annern Flüchtlinge ›Korl sien Flüchtling‹, ›Emma ehr Flüchtlingsfru‹ heten hebbt, huuk dor also över Magda ehr Slaapstuuv in sien Kamer, un wenn em de Tiet lang worr, denn trummel he mit sien knökern Fingers all de Märsche op de holten Dischplatt, na de he in Elbing achter de Fahn her marscheert weer. Eerstan hett Magda dat nich klook kriegen kunnt, wo dat dore Trummeln in ehr Huus herkeem, man as se dor achter keem, do is se rop na Engler un hett seggt, he schull dat Trummeln instellen, se worr dor ünner em in ehr Slaapstuuv wild vun warrn. Engler hett antert, dat Trummeln, dat weer vun wegen he weer so trurig, he harr je allens verloren, bi dat Trummeln worr he de betern Tieden wedder vör Ogen hebben, sotoseggen. Man Magda hett gnurrt: Harrn Se tovör nich soveel trummelt, seten Se nich hier, ik kunn slapen un harr mien Huus för mi alleen!

Dat hett Engler den annern Dag den Frisöör Fritz Mathiessen vertellt un hett sik dor nix bi dacht hatt, he hett man bloots seggen wullt, allens weg, Huus,

Heimat un Fruu un nu ok noch dat Trummeln, man achter em hett Albrecht seten, un as de dat höört, do steiht he ok al bi Magda in' Fluur un will ehr anzeigen wegen Herabsetzung des Führers, Wehrkraftzersetzung un wat noch allens. He hett en groot Spektakel maakt, so groot, do hett Magda de Snuut holen un hett luud un düütlich Heil Hitler seggt.

Un as se em nu in Hermann sien Café Tuusch en langt, links un rechts, un seggt: Du weeßt för wat! do hett se an all de Daag dacht, wo se för Albrecht bang ween is. Un Albrecht steiht dor, murmelt, deit mi leed, un geiht. Hermann aver hett ropen: Zeitenwende! Ik maak mien ool Stadtcafé wedder flott!

Un nich bloots Hermann smeet sik in't Geschirr, ringsumto kemen se wedder in den Gangen. In dat Chambre séparée hangt hüüt noch de Biller vun de Börgermeisters un Raathuuslüüd, de do dat Seggen hatt hebbt. Mennigmaal hebbt se in dat Chambre séparée ehr Sitzungen hatt, dat Raathuus leeg tweibombt. Denn muß Hermann de Kordeln vun de Samtportiere vun' Haken nehmen un den Vörhang totrecken. Un Otto Suhr, de Oberkellner, de dörv dor nich eenfach so rintappen un fragen, wokeen noch en Beer oder en Gedeck hebben wull, nee, dat weern je doch politische Beratungen, he muß töven, bit de Klingel bimmel, eerst denn dörv he sien Kopp dörch den Vörhang steken un fragen, wat gefällig weer. So as laterhin ok, in de Moulin-Rouge-Nachen, aver dat weer je noch en Tiet hin.

Ik bekiek mi noch eenmaal de Fotos in dat Chambre séparée, Günther Meiners, Rudi Wessel, Willy Mohrdiek, se sünd all doot, ehr Naams gaht verloren. Man domals na'n Krieg un later, as de fetten Johren kemen, do hett ehr jedereen kennt. Meiners weer Börgermeister, Rudi buu Straten un Willy Mohrdiek Hüüs. Un wenn vun ehr snackt worr, denn hebbt se ›Günther-buu-man-to‹, ›Rudi-Asphalt‹ un ›Willy Beton‹ heten. Günther weer de eerst Mann an de Sprütt, un as de Lüüd ehren Kraam weder opbuun wullen, do hebbt se nich lang op Baugenehmigungen un sowat töven muß, Günther hett jümmerloos seggt: Buu man to, allens annere bring ik in de Reeg. Un broch dat ok in de Reeg, as de Hökers ehr olen Hüüs afrieten un dor moderne Geschäften för hinstellen wullen. Buu man to, hett Günther seggt, liekers Gödeke vun't Gymnasium, wo he Kunsterzieher weer, meist jeden Dag in de Zeitung schreev, dat weer en Schann, woans de Stadt mit ehr olen Hüüs, de olen Panoramen un de ool Kultur umgung. Aver Günther hett man bloots jümmer dat Woort ›oolt‹ leest un hett meent, de olen Tieden hebbt wi hatt, nu kaamt de niegen, un niege Tieden verlangt niege Hüüs un Panoramen. Do hett Willy Beton sien Betonmischers ansmeten, un Rudi Asphalt hett dat oolt

Koppsteenplaster rutreten un dor Asphalt för schütt. Wat sä he jümmer: Kann ik krank vun warrn, vun so'n Koppsteenplaster! En Straat, de ik lieden mach, to de mutt ik ›du‹ seggen könen. Un ›du‹ kunn Rudi bloots to Asphalt seggen.

Un ok för Hermann un dat Stadtcafé kemen nu de groten Tieden. Jeedeen Dag proppenvull. An' Namiddag seten de Fruuns dor mit ehr Clubs, Sophie Ritters, Hertha Ehlers, Inge Bünz, dree Clubs, een much den annern nich so recht lieden, se weern je ut verscheden Straten, un in de Stadt geev dat gude un weniger gude Straten. As aver Anne Jebens den enen Dag in de Zeitung setten leet, se weer ut'n en ganze gude Straat, se wull en Bridge-Club grünnen, für Damen, erstes Treffen am Donnerstag im Stadtcafé, 16.00 Uhr, un as se denn vun Hermann ok noch dat Chambre séparée kreeg, do fullen de annern dree unisono över Hermann her: Woso speelt Anne Jebens in dat Chambre séparée, un wi mööt hier mank all Lüüd sitten. Sünd wi di nich vörnehm noog mit Dubbelkopp un Süßunsüßtig? Mutt en nu ›Dame‹ bi di ween un Bridge spelen? Wi köönt ok annerswo hingahn!

Aver wo schullen se wull hin? Hermann harr dat eerst un eenzigst Stadtcafé am Platze! Un he harr Renommee. Sien Kellners manierlich kleedt, swatte Büx, swatt Jackett, witt Hemd mit swatte Fleeg. Otto Suhr droog Frack; en Oberkellner ahn Steertrock, sä he, dor fangt de Verwahrlosung mit an.

Un all weern se fründlich. Hermann harr aver ok sien Ogen överall, sehg, wo de Kaffekann all un de Kokenteller lerrig stunn. Anbeden, sä he to sien Lüüd, jümmer frisch anbeden, Anbeden deit Kriegen. Gung vun Disch to Disch, snack twee Regen hier, twee Regen dor, nück stumm, wenn he an Amtsrichter Rost sien Platz vörbigung, de seet dor to arbeiden un wull nich stöört warrn.

Un ok Hermann sien Lüüd mussen jümmer en lütten Snack paraat hebben. Wenn Christine Bloom sik dreemaal Sahne op ehren Appelkoken sprütten leet un dorbi süüfz: Ik warr dor je to dick vun, aver ik kann mi dor nich gegen wehren! denn muß Hannelore Dethlefsen, de Kokenfruu achtern Thresen, fründlich seggen: Wo wi doch so lang keen Sahne kennt hebbt, nu mutt dor doch eerstmaal wedder wat op de Rippen! Un wenn Dora Lohmann ehr Jammern anfung, wo krank se doch weer, un schimp op ehren Dokter, de harr meent, Dora, du büst gesund, ik kann nix finnen, denn sä de ool Suhr: Wenn ik di so ankiek, Dora, ik glööv di dat, di sitt wat ünner, de Dokter döggt nix! Denn keek Dora dankbor, drück Suhr de Hand un sä: Deit goot, Otto, en warrt verstahn. Un wenn Hugo Holler över de Tieden schimp, denn meen Suhr: Schimp man to, Hugo, is nich lang her, do worrn wi för't Schimpen afhoolt un insparrt. Nu mööt wi dat geneten. Un Hugo nück tofreden.

So weern se all tofreden. Bloots den enen Dag, do kreeg Suhr den verkehrten Snack tofaten. Dat weer de Dag, wo Guschi Schrott mit Suse Möller in't Café seet, sik mit Sekt vullopen leet un över dat Finanzamt flöök.

Guschi hannel mit Schrott un weer dorbi to Geld kamen. As he sik en Villa buen leet, is de halve Stadt na de Buustell wannert, denn Guschi harr dat eerst Swimmbad in Goorn, Swimmingpool, as he dorto sä. Un jeedeen wuß dat Maat, 20 × 10 Meter, woveel Liters dor ringungen un wat dat allens kosten dee, denn Guschi much sien Geld sehn laten. Seet he in'n Kroog un harr al en lütten in de Kroon, denn kunn he sik weglachen, wenn de Lüüd ehren Spaaß mit em dreven un repen: Wokeen is de riekste Mann in de Stadt? Guschi Schrott!!! Un Guschi gröhl denn: Leven un leven laten, ik geev een ut! Mennigmaal hebbt se so lang ropen un gröhlt, bit se all besapen weern. Eenmaal allerdings, do hett Erich Maaß na de achte Runn to Guschi seggt: Guschi, wi sünd so duhn, bestell de neegst Runn man as Frikadellen. Guschi hett em anstiert, as kunn he nich glöven, wat he dor höört harr. Frikadellen? Hest du Frikadellen seggt? lall he, stunn op, gung na de Döör, dreih sik um, keek Erich minnachtig an un sä: Frikadellen sünd ünner mien Niveau. Un gung.

Düsse Guschi Schrott seet nu den enen Dag in Hermann sien Stadtcafé, un blangen em räkel sik Suse Möller, de harr he maal op een vun sien Schrottouren opsammelt un mitbrocht, de wahn bi em un weer smuck antosehn. Drogist Claußen hett an' Koopmannstammdisch maal seggt, se is sien Konkubine, un hett dat Woort Konkubine meisto mit Andacht in' Mund dreiht, as wenn he en Sluck Wien pröven worr. Gegen ehr is mien Elsa bloots en Verhältnis. Elsa steiht bi em in de Drogerie achtern Thresen. Se hebbt al lang wat mitenanner, aver heiraten mach he nich, ik bün to sensibel för twee Lüüd ünner een Dack, seggt he. Guschi also seet bi Hermann un schimp för dull op dat Finanzamt, he schull en groten Dutt Stüern nabetahlen. Sekt! reep he. So wat kann ik bloots mit Sekt verknusen! Un Suhr broch em de Buddel. Weeßt du, woveel as ik berappen schall, gnurr Guschi Suhr an, as de den Korken vun de Sektbuddel looswrangel, dor kunn ik di dree Johr lang jeedeen Dag na Sekt för lopen laten! Na, sä Suhr, denn kiek man jeedeen Dag in, wi sünd hier, un Sekt hebbt wi genoog.

Guschi un Suse Möller bleven nich lang alleen mit ehren Sekt. As Drogist Claußen keem, he drunk jeden Avend sien Cognac, do muß he sik to Guschi un Suse setten un Suhr de tweet un drüdd Buddel Sekt op'n Disch stellen. Se worrn fideel. Un wenn nu Suhr nix seggt harr, denn weer't womööglich nie to de

Moulin-Rouge-Nachen in Hermann sien Stadtcafé kamen. Aver as Guschi dat Singen anfangen will, do fohrt Suhr em an: Gah in' Kroog, wenn du singen un supen wullt! Hier schickt sik dat nich! Guschi springt op, brüllt: Ik bün Gast! Un will Suhr an' Kragen. Aver Hermann hett den olen Suhr wegtrocken, hett flustert: Laat mi dat maken, gah du na Huus, ik sluut to, em warrt wi so gau nich loos, aver Umsatz, Otto, dat nehmt wi mit! Nix för mi, hett Suhr seggt un is gahn. Hermann hett tosloten un hett meent: Kaamt man in dat Chambre séparée, denn kann ik vörn dat Licht utmaken, un de Lüüd kiekt jüm nich op'n Buuk.

As se dor nu in dat Chambre séparée sitt un drinkt de neegst Buddel Sekt, do seggt Claußen miteens, he harr all fix en sitten, wat he ehr maal wat wiesen schall. Un treckt en lütt Fotoalbum ut de Tasch, so groot as en Notizbook, grient un seggt to Suse Möller: Der Mensch kann nicht leben, wenn er nichts Freudiges vor sich sieht. Kickt ehr an un seggt, Guschi harr mit Suse je över de Maten wat Erfreuliches vör Ogen! Aver ok he, Dieter Claußen, wenn he man ok en lütten Drogist weer, ok he harr so sien Freuden un weer ok nich bloots Drogist, nee, he weer ok künstlerisch interesseert, un sodennig wull he ehr nu maal sien Hobby wiesen un langt Guschi dat lütt Album övern Disch. Un as de dat opsleit, do süht he op jeedeen Foto Elsa ut de Drogerie. Maal sitt se op en

Kanapee, maal löhnt se sik an en Appelboom un hett en Appel in de Hand, maal steiht se op Töhnspitzen un reckt de Arms na en ut, de nich to sehn is. Aver wat jümmer se op de Biller deit, se deit dat splitternakelt. Mien Hobby, flustert Claußen un nippt an sien Sektglas, künstlerische Aktfotos. Un Guschi seggt: Dunnerwedder! Is dat nich Elsa? Pst! seggt Claußen, nich so luud! Un nückt: Mien Modell. Suse Möller blödert in dat Album un meent, wat Elsa nich koolt worrn weer, so splitternakelt, un wo denn de Appelboom stünn, dat weer je doch an hellichten Dag opnahmen. Guschi meent, Suse schull sik man ok maal so fotograferen laten, denn harr he jümmer wat Freudiget vör Ogen, wenn he alleen op Schrottour weer. Un fangt nu dat Renommeren an. Nix gegen Elsa, seggt he, aver kiek di mien Suse an! Elsa, dat will ik togeven: ansehnlich. Aver Suse, de weer doch sotoseggen... He kann dat Woort nich finnen, wat Suse sotoseggen is, un dorum mutt se nu opstahn un sik wiesen, mutt sik dreihen, dat Claußen den richtigen Begriff vun ehr kriggt. Un de kriggt dat övern Kopp, hüppt um Suse rum, deit, as hett he en Fotoapparaat vör Ogen un knipst ehr vun all Sieden. Un wo he dor so um ehr rumhüppt, in de Kneen geiht, sik op den Buuk leggt un jümmerloos so deit, as weer he en Starfotograf, deit Suse Möller so, as weer se en Starmodell. So vergnöögt un duhn as se all sünd, fangt Suse an, treckt sik de Schöh ut, de Jack, stiggt op den Disch, knööpt sik de Bluus op, lett den Rock fallen. Guschi smitt sik in de Bost, Claußen fotografeert, Hermann bringt Sekt, treckt den Vörhang vun dat Chambre séparée to, denn nu steiht Suse Möller al meist nakelt op den Disch, un all singt se: Das machen nur die Beine von Dolores!

So hebbt se anfungen, de Moulin-Rouge-Nachen in Hermann sien Stadtcafé. Eenmaal de Maand, jeden drüdden Maandag. Nachts Klock teihn, denn muß en achtern in Düstern dörch de Köök kamen. Allens ehrbare Börgerslüüd. Un denn worr binnen dat söte Leven fiert. Höhepunkt weern jümmer de ›lebenden Bilder‹, wenn Emil Rabe un Korl Rohwedder de rode Samtportiere vun dat Chambre séparée langsam trücktrocken, un binnen seten Erika Schnoor un Gretel Witt splitternakelt as lebende Biller op'n Disch un stellen den ›Sektrausch‹ oder dat ›Frühlingserwachen‹ vör. Wenn en sik de beiden aver neger ankeek, denn sehg dat mehr na Bruuswater un laten Sommer ut. Maal weer de Rechtsanwalt so besapen, do hett he Champagner över Erika utgoten un hett em an ehr Töhn wedder opsogen. So gung dat een, twee Johr, denn hebbt de Lüüd in de Stadt dat Tuscheln anfungen, hebbt ok fraagt, woso de ool Suhr bi Hermann mit de Arbeit ophöört hett. Altersgründe, hett Hermann antert, aver Suhr schall bi Fritz Mathiessen in' Frisöörladen wat vun Sodom un Gomorrha seggt hebben. Hermann sien Moulin-Rouge-Gäst, de mussen je den annern Morgen wedder in't

Geschäft stahn, op't Amt sitten un Gericht holen, de kunnen sik Snack nich leisten. Am Enn hett dat wull aver ok an de Fruuns mit legen, de Moulin-Rouge-Tiet gung toenn. Vun Gerda Westphal is dat bekannt worrn, de hett sik wegen dat Chambre séparée scheden laten. Se hett to ehren Mann seggt: Du büst mi in de letzt Tiet en beten to vergnöögt, quarkst un nörgelst nich mehr, hööorst du womööglich ok to de Stadtcaféluüüd to? Schaam di wat! Wenn du wat to kieken hebben wullt, denn kiek to Huus, so as sik dat höört! Do hett he ehr lang ankeken un hett seggt: Ik heff mi satt sehn. Do weer de Putt twei.

So lepen de Johren, do sä Hermann to sien Söhn, he schull nu op Konditer lehren, denn kunn he malins dat Café övernehmen. Aver Hans Otto harr dor keen Menen vör. Ik mach keen Koken, sä he. He wull wat anners warrn, wat, dat wuß he noch nich, he gung ok je noch to School. Man as he de achter sik harr, do steek Hermann em in de Backstuuv. Hier hett dien Opa stahn, sä he, hier heff ik stahn, un hier warrst ok du stahn. Dat Café is uns Familie. Un to de Familie höört nich bloots Oma un Opa, Unkel un Tante to, dor höört de Stadt to, sä Hermann, wi sünd dat Stadtcafé. Denen un Bedenen, dor sünd wi för dor. So worr de Jung Konditer, un as sien Vadder na veel Johren storv, gung dat Stadtcafé op Hans Otto över.

Eerstan kemen de Lüüd as jümmers, de Fruuns mit ehr Clubs, de Richters, de Lehrers. As de Kokenfruu achtern Thresen, Hannelore Dethlefsen, heiraden dee, worr en groot Hochtiet fiert. In't Stadtcafé. Dorna stunn Angelika Vollquarts achtern Thresen, un vörn in't Café bedeen Adelheid Hennig; ehr harr Hans Otto in Ruhpolding kennenlehrt, as he dat eerstmaal Urlaub maken dee, mit de Touropa, de wahn bi em, heiraden wullen se nich; de Stadt hett dor lang op töövt. Na, hebbt de Lüüd seggt, warrt dat nu noch maal wat mit de beiden, oder blifft se sien Bedenung? Se bleev dat un is den enen Dag wedder verswunnen.

Dat en Johr storv Otto Suhr, sien Fruu hett den Truurkaffee in't Stadtcafé utrichten laten, wo he doch so lang Oberkellner ween weer. Hans Otto hett an den olen Suhr hungen, de weer so wat as sien tweten Vadder. Wenn de Jung över Middag in't Café sitten muß, he schull bi Vadder un Mudder ween un nich alleen baven in de Stuuv eten, aver de Vadder sprung al Ogenblick op, parleer mit de Gäst, de Mudder leep mank Köök un Café hin un her, broch hier en Knackwurst an' Disch un dor en Tass Supp, rundum snötern de Lüüd, denn kneep de lütt Hans Otto mennigmaal ut, slieker sik in' Goorn, dor stunn de Laube, sloot ehr op un verkroop sik. Suhr broch em sien Eten, steek sik en Zigarett an, fröög, woans dat in de School ween weer den Dag, vertell, vundaag weer dor en Bildhauer in't Café ween, de wahn nu in de Stadt un harr to Hermann seggt, wokeen sik modelleren laten wull, de kunn dat bi em bestellen, wat he en Zeddel in't Café ophangen kunn; dat is en Künstler, sä Suhr, he harr noch nie en echten Künstler sehn, düsse harr dor aver an un för sik gor nich na utsehn hatt, sehg ok nich anners ut as de annern Gäst, sä Suhr. Dor kannst du maal sehn, lach he, en kann de Lüüd ehr Talent nich ansehn, wat weet ik, wat in di för Talenten steekt, för't eerst sühst du bloots hungrig ut. Büst du dat, schall ik di noch wat bringen? Na ja, sä he, ik mutt trüch in't Café, anners fallt dat noch op, dat wi utbüxt sünd. Denn seet Hans Otto dor, löpel sien Supp, kau sien Broot, drunk sien Saft, möök de Ogen to, in de Feern klopp Smitt Bünz dat Isen in de Smeed, un de Jung weer so wat as glücklich.

Un nu weer Suhr doot. Hans Otto hung dat Schild ›Geschlossene Gesellschaft‹ achter de Schiev vun't Café, gung to Gräffnis, seet mit Suhr sien Familie un Frünnen to Kaffee in't Café, dat weer aver man en Hand vull Lüüd, Suhrs hebbt wull dacht hatt, Otto sien olen Kunnen worrn em de letzt Ehr wiesen, wo he doch maal ehr Oberkellner ween is, aver dat vergitt sik. So seten se dor in dat lerrige Café, vertellen noch en poor Stücken vun Suhr, Hans Otto spendeer Kaffee, Koken un as jümmer achteran en Cognac, denn gungen se all na Huus. Hans Otto pack dat Schild ›Geschlossene Gesellschaft‹ wedder in de Schuuv, tööv mit Adelheid, wat dor noch reguläre Gäst kamen schullen, keem aver nüms, do is he mit ehr to Kino, se hett Suhr nich kennt hatt, wat schull he ehr dor noch veel vun vertellen.

Mit de Truurkaffees in't Stadtcafé worr dat weniger. Dat is je drullig, sinneer Angelika Vollquarts achter ehren Kokenthresen, warrt storven as jümmer, aver uns gaht de Doden ut. Wat is loos, hebbt de niegen Doden uns Stadtcafé nich mehr kennt hatt?

Un denn bleev de eerst Club weg, Inge Bünz ehren Club. Den Dag tovör harr Inge noch bi Adelheid anropen, se schull ehr för morgen den groten Disch an't Finster na de Straat reserveren, se wull mit den Club maal an't Finster sitten, se harr en Överraschung in'n Sinn.

Un as nu de anner Dag kummt, Inge ehr Fruuns sitt achter dat Finster un kiekt ruut, wo Inge blifft, do fohrt dor mit'n maal en root Auto vör, en VW, hagelniet, un höllt direktemang vör't Finster. Un dat is denn je Inge Bünz, se stiggt ut, kickt na dat Finster, achter dat de Fruuns sitt, un de hebbt al de Gardien trüchtrocken un maakt grote Gesichter. Wat is di dat denn? Inge mit'n Auto? Se wahnt je doch man bloots um de Eck, un wat is dat för'n Auto? Un woso kann se överhaupt fohren? Un nu kummt Inge rin un strahlt, un all roopt se: Seggt bloots…? Un Inge nückt: Jawull! Ik heff den Föhrerschien maakt, wi hebbt uns en Auto kofft!

Dat gifft je en groot Hallo, un se mutt en utgeven, un denn röppt Inge Adelheid an' Disch, wo Hans Otto is, de schall nu man maal kamen. Un Adelheid löppt na de Backstuuv un seggt, he schall an Inge Bünz ehren Disch kamen, seggt aver nich, woso he dat schall, un Hans Otto wischt sik de Hannen af un kummt na Inge an' Disch.

Na, seggt Inge, kriggt en di ok noch maal to sehn. Wat anliggt, fraagt he, un Inge seggt, he schall maal ut' Finster kieken. Un he kickt.

Wat sühst du? fraagt Inge.

Wat schall ik sehn? seggt Hans Otto. Wieder nix.

Wieder nix? seggt Inge un lacht. Dor seggst du ›wieder nix‹ to! Wat steiht vör't Finster?

Wat schall dor stahn, seggt Hans Otto, en Auto.

Aver düt is en besünner Auto, seggt Inge un warrt nu al wat grandessig, dat he sik so dösig anstellt.

Do roopt de Fruuns: Hans Otto, büst du so oder deist du so, dat is Inge ehr Auto!

Na, seggt Hans Otto, hest du nu ok en Auto. Graleer di.

Dank di, seggt Inge. Aver dat Auto quietscht, grient se.

Dat quietscht? fraagt he un kickt ehr an. Woso dat?

Dat mutt smeert warrn, seggt Inge.

Un de Fruuns seggt: Wi hebbt al maal smeert, man dat hett nich langt, dat quietscht jümmer noch.

Dat lett sik sachs betern, seggt Hans Otto, du hest dor je Garantie op.

Do fohrt Inge em sprüttengiftig an:

Dien Vadder büst du nich, Hans Otto, de harr al lang wußt, wo dat an fehlt!

Un Adelheid kriggt en roden Kopp un röppt nu: Denn wüllt wi dor man fix bi un smeren dat Auto, dat dat nich mehr quietschen deit. Un gifft en Runn Eierlikööر ut.

Do weer dat aver al to laat. Den annern Dag hett Inge utrichten laten, se worrn de Clubnamiddage nu bi ehr to Huus hebben. Hans Otto kunn den Disch weggeven.

De Lüüd kregen Autos, weern neeschierig, wat dat annerweegs to sehn geev, seten nu dor to Kaffee un Koken, un kemen se wedder an't Huus, keken se fern. Do sä Adelheid to Hans Otto: Wi mööt mit de Tiet gahn, laat uns en Fernseher in dat Chambre séparée opstellen, denn kööont de, wo keen' hebbt, bi uns kieken, Eiskunstlauf, Football... So worr ut dat Chambre séparée en Fernsehstuuv. Dat hett ok wat brocht, man as se all en Fernseher harrn, stunn dat Chambre séparée wedder lerrig.

To de Tiet hett dat anfungen, wo ik mit Hans Otto mennigeen Avend alleen in't Café seten heff, vörn, blangen dat Aquarium; Adelheid keek fern in't Chambre séparée, un wenn de Tagesschau anfung, reep se: Sluut man to, nu kummt sowieso nüms mehr. Do hett he in de Zeitung sett: Neue Geschäftszeiten im Stadtcafé. 9.00 bis 12.00 und 14.00 bis 18.00 Uhr. Wir freuen uns auf Ihren Besuch. Angelika Vollquarts achtern Kokenthresen aver kunn na Huus gahn, Adelheid regeer dat Café nu alleen. Un wenn Hans Otto nich in de Backstuuv seet, denn huuk he blangen dat Aquarium, keek de Fisch to, streu ehr Fudder op dat Water, un dat fehl em an nix.

De Johren lepen. Dat Stadtcafé hett man bloots noch Hans Otto sien ool Plüüsch- un Plantencafé heten. Do sä Hans Peter Sahl to Hans Otto: Schall ik di dat Ding op modern umbuun, de lütten Finsters rutrieten, Thermopaneschieven rin, weg mit dat ole Möbelmang, de Deek en beter wat sieder trecken, dat dor mehr Gemütlichkeit rinkummt? Du schallst maal sehn, denn kaamt de Lüüd ok wedder. Aver Hans Otto hett antert: Striktemang nee! Düt Café is Geschichte, de Möbel, de Finsters, de roden Samtportieren, allens Geschichte. Familiengeschichte. Sogoor Stadtgeschichte! Dor kaamt de niegen Caféterias un Bistros nich gegenan! Ik weet nich, hett Hans Peter meent, vun ole Geschichten alleen kannst du nich leven, dücht mi. Aver du mußt dat weten. Na ja, frische Geschichten kann dat ok in ole Stuven geben. Sorg dor man för.

Aver Hans Otto hett keen Geschichten vertellt un keen Geschichten utlööst. Bloots eenmaal hebbt de Lüüd vun em vertellt un sünd in dat Stadtcafé kamen. Weeßt du dat al, hebbt se seggt, se hebbt dien Denkmaal umdreiht, also nich dat Denkmaal, aver de Stöhl, se dreiht di nu den Rüch to. Dat kiek di man maal an.

Do is he mit Adelheid na de Aula vun't Gymnasium gahn un vertellt ehr, na den Krieg do harr dat maal för'n korte Tiet en richtigen Bildhauer in de Stadt geven, de harr vun de rieken Buurfruuns, vun de harr he ehr Köpp, also Büsten harr he modelleert. Wenn düsse Fruuns in't Stadtcafé seten harrn, denn harr sien Vadder seggt: Wenn ik di hier so sitten seh, Annegret, so'n schönen Kopp, dat mutt en fastholen; ik heff en Bildhauer an de Hand. So worr dat Mood, wokeen sik dat leisten kunn, de seet Modell. Un de Köpp weern ›naturgetreu‹, as Hermann jümmer sä.

Düsse Bildhauer harr nu vun de Stadt den Opdrag kregen, wat he nich en Ehrenmaal för de fullen Schölers vun dat Gymnasium maken kunn. Do hett he de Naams vun de Doden op lütte Holttafeln schreven un de vörn in de Aula an de Wand anbrocht, links de Naams ut den eersten Weltkrieg, rechts de ut den tweten. In de Midd vun de Wand aver hett he en groot Denkmaal ut Marmor opstellt, so'n Oort Halvrelief mit en jungen Mann, nakelt, de steiht dor för all de doden jungen Lüüd un süht Hans Otto liek as en Ei dat annere, wat ok nich anners ween kann, Hans Otto weer den Bildhauer sien Modell. As de keen annern jungen Mann finnen kunn, de Öllern hebbt seggt, se wullen dor nich schuld an ween, wenn ehr Jung för all Tieden nakelt in de Aula vun't Gymnasium stahn muß un muß sik vun baven bit ünnen bekieken laten, do hett Hermann to Hans Otto seggt: Denn steihst du Modell. Treck di ut! Hier geiht dat um Geschichte!

De Lüüd hebbt dor aver bloots en Geschicht vun maakt. Denn as se dor nu seten to Einweihung, do kunnen se dat je nich översehn, de Jüngling dor vörn mank de Tafeln mit de Naams vun de Doden, dat weer Hermann sien Jung. Wenn he dor ok in Marmor steiht, hebbt se seggt, he süht doch böös fipsig ut mit sien Höhnerbost, de spiddeligen Arms un de magern Been. Wat so'n Anblick nu geeignet weer, en ehrendes Andenken utolösen, dor weern se sik nich seker, ehrer kunn en dor melanklöterig vun warrn, vun de Jammergestalt. Dat holp aver je nix, dat Ding stunn dor, un Johr för Johr mussen de Lüüd op Hans Otto in Marmor kieken, wenn in de Aula en Veranstaltung weer.

Nu aver harr de School en niegen Direkter kregen, un as de Hans Otto mank de Tafeln süht un kriggt de ganze Geschicht to hören, do seggt he to sien Huusmeister, he schall de Stöhl umdreihen. Nu kunnen de Lüüd ut' Finster un in de Sünn kieken, dat weer je recht wat fründlicher. Steiht aver en Gedenkdag an, denn mutt de Huusmeister de Stöhl wedder na de Wand mit Hans Otto umdreihen.

Se wiest mi nu den Rüch, sä Hans Otto to mi. Wi seten blangen dat Aquarium, keken ut' Finster, buten reten se de Straat op.

Kummt nu wedder Koppsteenplaster hin, sä Hans Otto, de Spaarkass treckt roden Klinker vör ehr Betonmuurn hooch.

Lege Tieden för Rudi Asphalt un Willy Beton, sä ik. Se worrn wull ut Bild springen, kunnen se dat dor buten sehn.

Se worrn Koppsteenplaster un Klinker verkopen, sä Hans Otto.

So seten wi, keken ut' Finster, keken de Fisch to. Af un an broch Adelheid Fruu Bielenberg en Tass Kakao un Heinrich Kröger en Beer.

Den enen Dag is Adelheid uttrocken un weggahn, nüms weet, wohin. Se wull nich ehr Leven lang sien Bedenung blieven. Dor is nich mehr veel um snackt worrn.

Güstern seet ik mit Hans Otto blangen dat Aquarium, do vertell he, he harr dröömt, dat Aquarium weer överlopen, dat Water harr gor nich mehr ophöört, leep in dat Café, steeg, de Stöhl un Dischen fungen dat Swimmen an, dreven hin un her; un he steiht dor, kickt to, wo dat Water an em hoochstiggt, hett keen Bang, steiht bloots dor, um em rum swimmt de Fisch, un he swimmt nu ok mit ehr in dat Café, is Fisch; de rode Samtportiere weiht sachen as en Waterplant op un daal, do swimmt he dor ünner un is selig verswunnen.

Vundaag steiht in't Blatt: Heute von 17 bis 18 Uhr frei Kaffee und Kuchen solange der Vorrat reicht. Wir schließen.

In dat Stadtcafé schall en Spielothek rinkamen.